Arena-Taschenbuch
Band 02635

Emma Haken
G block

Weitere Titel von Jürgen Banscherus im Arena-Taschenbuchprogramm:
Keine Hosenträger für Oya
Davids Versprechen
Asphaltroulette
Das Lächeln der Spinne

Jürgen Banscherus
war Journalist, Verlagslektor, Dozent in der Erwachsenenbildung und ist seit 1989 freier Schriftsteller. Inzwischen ist er einer der renommiertesten Autoren für Kinder- und Jugendliteratur. Seine Bücher erhielten zahlreiche Auszeichnungen und wurden bisher in 23 Sprachen übersetzt.
www.juergen-banscherus.de

JÜRGEN BANSCHERUS

Novemberschnee

Ausgezeichnet als eines der
zehn *Bremer Besten* 2002
sowie mit der *Eule des Monats* Mai 2002
vom Bulletin Jugend und Literatur

Arena

Informationen zu Unterrichtsmaterialien
unter www.arena-verlag.de

17. Auflage als Sonderausgabe 2016

Umschlaggestaltung: Sibylle Bader
Umschlagtypografie: KCS GmbH · Verlagsservice & Medienproduktion, Stelle/Hamburg
Gesamtherstellung: Westermann Druck Zwickau GmbH
ISSN 0518-4002
ISBN 978-3-401-02635-0

www.arena-verlag.de
Mitreden unter forum.arena-verlag.de

1.

Introduction: Lina

Ich hab sogar mal Blockflöte gespielt. Acht war ich da oder neun. Mit meiner Freundin Melanie bin ich in die Musikschule gegangen, jeden Donnerstag von vier bis fünf hatten wir Unterricht. Hat Spaß gemacht, ich hab keine Stunde verpasst. Dann verlor mein Vater seine Arbeit. Das Walzwerk war an einen Konzern verkauft worden, aus den Niederlanden, glaube ich. Obwohl ich tagelang heulte, strichen meine Eltern erst mal das Geld für den Blockflötenunterricht.

Unsere Lehrerin in der Musikschule hieß Lüdeking, Maria Lüdeking. Dick war sie, Mann, die brauchte zwei Stühle, wenn sie sich hinsetzen wollte. Spielten meine Freundin und ich ein Lied ohne Fehler, gab's für jeden einen Riegel Schokolade. Die hatte immer klebrige Finger, die Frau Lüdeking, es war kein Vergnügen, ihr die Hand zu geben. Ein paar Monate hab ich noch weitergespielt, ohne Unterricht und ohne Melanie. Aber allein ist nichts für mich, ich hab immer wen um mich rum gebraucht. Also hab ich aufgehört. Die Flöte müsste eigentlich noch in meinem Zimmer liegen.

Was das alles mit den Dingen zu tun hat, die Sie von mir wissen wollen, fragen Sie? Irgendwie muss ich ja anfangen. Außerdem dürfen Sie ruhig wissen, dass ich mal ein richtig braves Mädchen war. Ein Mädchen, das Barbiepuppen mochte. Und Pferde. Und eben Blockflöte spielen. Das erst später mit Karate angefangen hat. Weil ich es hasste, wenn mir jemand auf der Straße blöd kam. Das hat dann wohl doch wieder was mit der Geschichte zu tun, die ich Ihnen erzählen soll. Finden Sie nicht?

Wir wollten das nicht, ehrlich, das müssen Sie mir einfach glauben. Für Jurij und mich gilt das hundertprozentig. Bei Tom bin ich mir nach allem, was passiert ist, inzwischen nicht mehr so sicher. Obwohl – wenn er geahnt hätte, was aus unserem Spiel wird, hätte er es nicht so weit kommen lassen, ganz bestimmt nicht.

Sie kennen doch sicher den alten Steinbruch hinterm Sägewerk. Da hat sich letztes Frühjahr der kleine Junge beim Klettern das Genick gebrochen. Martin hieß er oder Marvin, erinnern Sie sich? Stand damals in allen Zeitungen. In der Hütte neben der Steilwand haben wir uns getroffen, Tom, Jurij und ich. Irgendwann hatten wir die Bretterbude entdeckt und festgestellt, dass das Vorhängeschloss an der Tür kaputt war. Jemand musste es mit einem Brecheisen aufgestemmt haben. Drinnen fanden wir jede Menge leere Bierflaschen, Zigarettenkippen und verschimmelte Essensreste. Die Luft war so verpestet, dass einem glatt der Atem wegblieb. Wir schafften den Müll zum nächsten Container und brachten den Raum wieder in Ordnung. Zwei Tage brauchten wir, um alles sauber zu machen. Meine Mutter hätte mich sehen sollen.

Dann kauften wir ein neues Schloss. Das stabilste, das wir finden konnten. War ganz schön teuer, das Ding. Außerdem verrammelten wir das Fenster neben der Tür mit Eichenbohlen, die wir hinter der Hütte entdeckt hatten. Wer auch immer vor uns in der Bude gelebt hatte – er tauchte nicht mehr auf.

Von da an gehörte die Hütte uns. Wir fragten niemanden um Erlaubnis, wir hätten sowieso nicht gewusst wen. Wir besserten das undichte Dach aus, legten alte Matratzen in den einzigen Raum und stellten drei Sessel rein, die wir auf dem Sperrmüll gefunden hatten. Tagelang sprayte Jurij Graffiti auf die Wände, Monster und solches Zeug. Er konnte das, er war ein richtiger Künstler.

Hinterher stank es derartig nach Farbe, dass wir alle drei Kopfschmerzen kriegten. Jedenfalls sah die Bude besser aus als mein Zimmer zu Hause. Hätten wir noch einen Ofen gehabt, wäre es perfekt gewesen. Doch so froren wir, sobald es draußen auch nur ein bisschen kälter wurde.

Sie fragen sich bestimmt, wie das funktioniert haben soll, zwei Jungen und ein Mädchen. Das kennt man doch, werden Sie sagen, diese Geschichten gehen nie gut aus. Eine Weile klappt es, zumindest sieht es so aus. Aber dann dreht einer von den dreien vor lauter Eifersucht durch. Und dann knallt's eben. Ende der Vorstellung.

Bei uns hat es geklappt, fast ein Jahr lang. Niemand hat es verstanden, meine Eltern schon gar nicht. Ich hab aber auch gar nicht versucht, es ihnen zu erklären. Hätte sowieso keinen Zweck gehabt. Bei Jungs sind sie komisch.

Mit Jurij bin ich zuerst gegangen. »Der Russe« nannten sie ihn bei uns in der Schule, dabei stammte er aus Kasachstan. Ihm machten die Sprüche nichts aus – wenigstens behauptete er das. Ich war nicht richtig verliebt in ihn, kann sein, ich war zu jung dafür. Aber er war witzig, steckte voller verrückter Ideen, und wir konnten toll miteinander reden. Stundenlang. Außerdem fand ich süß, wie er deutsch sprach.

Irgendwann erzählte mir Melanie, dass Jurij Autos klaue und mit ihnen wie ein Wahnsinniger durch die Gegend rase. Zuerst wollte ich ihr nicht glauben. Doch dann donnerte er mitten im Ort am Steuer eines BMW an mir vorbei. Hundert fuhr er, mindestens.

Da war Schluss. Nicht weil er klaute. Das fand ich gar nicht so schlimm. Er fuhr die Autos ja nur, bis das Benzin zu Ende war. Nein, ich wollte mit keinem gehen, dem sein Leben nichts bedeutete, der wegen eines schnellen Nervenkitzels alles aufs Spiel setzte. Vielleicht konnte ich aber auch bloß nicht ertragen, dass ihm die Beziehung zu mir nicht ausreichte, dass er noch was anderes brauchte. Stärkeren Stoff.

Zwei Monate waren wir miteinander gegangen. Jurij versuchte erst gar nicht, mich zu überreden, bei ihm zu bleiben. Er spürte wohl, dass es keinen Zweck hatte. Doch wir blieben Freunde. Das war mir wichtig.

Tom lernte ich durch Jurij kennen. Ausgerechnet. Er brachte Tom eines Tages an den Rathausbrunnen mit. Dort war damals unser Treffpunkt, nach der Schule oder am Abend.

Jurij erzählte Tom, ich sei ein Karateass und bereite mich gerade auf die Prüfung für den schwarzen Gurt vor. Tom forderte mich noch am selben Abend heraus – und besiegte mich. Vielleicht ließ ich ihn aber auch gewinnen, ich erinnere mich nicht mehr genau. Ich weiß nur noch, dass seine Techniken nicht besonders sauber waren, dass es so aussah, als habe er sie auf der Straße gelernt und nicht in einem Sportverein. Aber stark war Tom, bärenstark. Und er hatte eine wahnsinnige Sprungkraft. Höher als ihn hatte ich bei Fußangriffen noch keinen springen sehen.

Während ich an dem Abend mit ihm kämpfte, seine ungestümen Attacken abwehrte und ihn auf Distanz zu halten versuchte, wusste ich auf einmal, dass ich auf einen wie ihn gewartet hatte. An diesem Abend vor dem Rathaus war ich mir hundertprozentig sicher, dass Tom genau der Junge war, von dem ich schon lange geträumt hatte. Wenn wir uns in den nächsten Tagen mit unserer Clique am Springbrunnen trafen, hab ich ihn immer angucken müssen, es war wie ein Zwang. Melanie hat schon blöde Bemerkungen gemacht. Dabei hatte sie sich selbst in ihn verknallt.

Eine Woche lang tat Tom, als merkte er nichts. Dann hielt er es nicht mehr aus und guckte zurück. Er war so was von schüchtern, das glauben Sie nicht. Da ist einer stark wie ein Bulle, hat Schultern wie ein Möbelpacker und wird rot, wenn ihn ein Mädchen anmacht! Sonst war er nicht so, überhaupt nicht. Er hatte sogar schon wegen einer Schlägerei vor Gericht gestanden. Aber das wusste ich damals noch nicht. Das hat er erst später erzählt.

Ob Jurij auf Tom eifersüchtig war? Gezeigt hat er es jedenfalls nie. Oder ich hab nichts gemerkt, manchmal stehe ich ziemlich auf der Leitung. Für mich war Jurij von Anfang an mehr der Bruder, den ich mir von klein auf gewünscht hab. Tom hab ich geliebt, ja, das hab ich wirklich. Obwohl ich nie sicher war, ob es umgekehrt genauso war. Er sprach nicht viel, leider. Jurij und er verstanden sich gut, die beiden waren Freunde. Da können Sie jeden fragen.

2.

Es war Oktober. Ende Oktober oder Anfang November, so genau weiß ich das nicht mehr. Über Nacht war es plötzlich kalt geworden. Am Morgen hatte Reif auf den Dächern gelegen, im Schein der aufgehenden Sonne hatte sich die Stadt in einen schönen Traum verwandelt. Nach der Schule waren wir gleich mit unseren Rädern zur Hütte gefahren und lagen jetzt faul auf den Matratzen. Jurij hatte irgendwann von zu Hause ein paar alte Decken mitgebracht. »Gute russische Decken von russisches Mütterchen-Oma«, hatte er gesagt und breit gegrinst. Den kratzigen grauen Stoff hatten wir über uns gebreitet. Trotzdem wurde uns nicht richtig warm.

Außer mit den Zähnen zu klappern, fiel uns an diesem kalten Nachmittag nichts Vernünftiges ein. In den Tagen zuvor hatten wir an der Inneneinrichtung der Hütte gearbeitet oder waren in die Steilwand gestiegen, um neue Kletterrouten zu erkunden. Wir waren inzwischen besser als die Leute vom Gebirgsverein, die hierher zum Freeclimbing kamen. Aber jetzt war es uns selbst zum Klettern zu kalt.

Irgendwann stand Tom auf. »Ich verschwinde«, sagte er.

Ich wickelte mich sofort aus den Decken, war froh, nach Hause und in die warme Badewanne zu kommen.

Tom und ich standen schon in der Tür, da sagte Jurij plötzlich: »Australien.«

Es war nicht das erste Mal, dass er uns ein einzelnes Wort an den Kopf warf. Mir war es immer vorgekommen, als ob darin alles steckte, worüber er in den letzten Tagen nachgedacht hatte. Autotypen. Filmschauspielerinnen. Oder irgendwas Kasachisches.

»In Australien ist jetzt Sommer«, erklärte er. »Dreißig Grad im Schatten. Mindestens.«

»Und was haben wir davon?«, fragte ich und zog den Reißverschluss meines Anoraks hoch. »Sollen wir hinschwimmen?«

Jurij beachtete mich nicht. »Habt ihr schon mal was vom Ayers Rock gehört, dem heiligen Berg der Ureinwohner?«, fragte er, drehte sich auf den Rücken und starrte zur Decke. Ohne unsere Antwort abzuwarten, fuhr er fort: »Natürlich nicht. Hätte ich mir denken können. Oder vom Barrier Reef, dem größten Korallenriff der Welt? Nein? Mann, ihr wisst aber auch gar nichts! Gegen Australien ist Deutschland das reinste Kuhkaff. Ein kleines, beschissenes Regenloch.«

»Der Flug dauert vierundzwanzig Stunden«, sagte ich. »Mindestens. Wovon sollen wir den bezahlen?«

Tom ließ sich schwer in einen der Sessel vom Sperrmüll fallen. Es war ein Wunder, dass das Ding nicht auf der Stelle in seine Einzelteile zerfiel. Eine Weile schaute Tom Jurij an. Dann lächelte er auf einmal. »Eine Bank«, sagte er. »Dann haben wir genug Geld.«

»Was?«

»Wir überfallen eine Bank, Lina«, sagte er. »Und hauen ab. Meinetwegen nach Australien. Hauptsache, es ist warm.«

»In Ordnung«, sagte ich. »Überfallen wir eben eine Bank. Kein Problem, Tom.«

»Alles klar«, sagte Jurij. »Ich bin dabei.«

Ohne auch nur einen Augenblick zu zögern, fingen wir an zu planen. Keiner von uns dreien dachte an diesem eiskalten Nachmittag im Traum daran, wirklich eine Bank zu überfallen. Es war nichts als ein verrücktes Spiel, bei dem es bloß eine Regel gab: Niemand durfte sagen, dass es ein Spiel war. Das hielten wir durch. Ziemlich lange.

Die Sparkasse in der Luisenstraße sollte es sein. In unserem Kaff gibt es für Raubüberfälle keine große Auswahl: die Post, zwei Banken, den Supermarkt, vier Kneipen, ein Blumengeschäft und Murats Döner-Bude. Die Sparkasse wählten wir aus, weil sie unmittelbar an der Kreuzung liegt. Wenn wir abhauen mussten, würde das ein Vorteil für uns sein, hatten wir uns überlegt. Außerdem arbeiteten in der Bank normalerweise nur drei, höchstens vier Angestellte. Die konnten wir leicht in Schach halten.

Tagelang trieben wir uns im Ort herum, beobachteten unauffällig, was in den Räumen der Sparkasse geschah. Wir prägten uns ein, in welcher Reihenfolge die Angestellten zur Arbeit kamen und wann sie am Nachmittag nach Hause fuhren. Wir notierten, wann es an den Schaltern viel zu tun gab und wann es ruhiger zuging. Und das Wichtigste – wir schrieben auf, wann die gepanzerten Transporter eintrafen, um das Geld abzuholen.

Irgendwann waren wir uns sicher. Nach unseren Beobachtungen – die Aufzeichnungen müssten eigentlich noch in der Hütte im Steinbruch liegen, am Fenster ist ein Versteck unter einem lockeren Bodenbrett – war der frühe Mittwochnachmittag der günstigste Zeitpunkt für einen Überfall. Der Geldtransporter der Sicherheitsfirma würde gegen vier eintreffen. Dann waren wir längst über alle Berge.

Sie finden uns naiv, geben Sie es ruhig zu. Sie können sich als Anwalt nicht vorstellen, dass wir nicht wussten, dass Geldtransporter aus Sicherheitsgründen manchmal von Tag zu Tag ihre Route ändern. Dass man sich dafür doch bloß irgendeinen Fernsehkrimi anzusehen braucht. Nein, wir haben es nicht gewusst. Oder wir haben nicht dran gedacht. Zugegeben, unser Plan war nicht perfekt, welcher Plan ist das schon. Aber Sie dürfen nicht vergessen, wir spielten ein Spiel. Keine Langeweile haben, sich schon in der Schule auf den Nachmittag freuen – können Sie sich überhaupt vorstellen, was das bedeutet? Nicht mal Regen und Kälte hielten uns von unseren Vorbereitungen ab.

Irgendwann kauften wir im Supermarkt Wasserpistolen und lackierten sie schwarz. Hinterher sahen sie fast wie echt aus.

Um den Überfall zu trainieren, fuhren wir in

den Stadtwald. Die Grillhütte am Eisenberg sollte die Bank sein, ich die Kassiererin. Mit gezückten Waffen stürzten Jurij und Tom aus dem Gebüsch auf mich zu und riefen: »Hände hoch! Geld her!«

Wir starben beinahe vor Lachen. Wie sollte ich mit erhobenen Händen Geld rausrücken? Vielleicht mit den Zähnen? Doch wir machten weiter, wurden mit jedem Tag besser und fühlten uns bald wie echte Profis.

Zum Schluss kauften wir uns schwarze Skimützen. Bei dem Überfall durften wir nicht erkannt werden, schon gar nicht in unserem Kaff, in dem uns alle kannten. Außerdem gab es in der Bank todsicher Überwachungskameras. In die Mützen schnitten wir Schlitze für die Augen. Tom machte als Einziger auch Öffnungen für Mund und Nase. Er hatte Angst zu ersticken, da bin ich mir heute ziemlich sicher. Aber damals hatte ich noch keine Ahnung, was er erlebt hatte, bevor wir uns kennenlernten. Wieso wir uns keine Bank im Nachbarort ausgesucht haben, fragen Sie? Warum sollten wir? Wir hatten schließlich nicht vor, die Sparkasse in Wirklichkeit zu überfallen.

In der letzten Novemberwoche waren wir dann so weit. Wir hatten eine Bank, in der die Millionen auf uns warteten, wir hatten täuschend echte Pistolen, die Skimützen und unsere Mountainbikes, die als Fluchtfahrzeuge dienen sollten. Jurij schlug vor, uns ein Auto zu besorgen. Ein Fluchtwagen sei einfach professioneller, meinte er. Mercedes, Porsche, BMW – hätte er alles im Angebot. Sogar die Farbe könnten wir uns wünschen. Aber wir ließen uns nicht darauf ein. Das heißt, ich lehnte ab und Tom nickte dazu. Es war immer noch ein Spiel. Dachte ich. Da hätte ein echter Autodiebstahl nicht hineingepasst.

Wir wollten das nicht. Ich sag's noch mal. Weil es wahr ist. Weil ich keinen Grund hab zu lügen. Und weil Jurij und Tom meine besten Freunde waren. Es war alles bloß ein großer Spaß, glauben Sie mir. Und wenn es an dem Mittwoch nicht zu schneien begonnen hätte, wäre sowieso nichts passiert. Nichts Schlimmes jedenfalls.

3.

Am Morgen fielen große Flocken, seit Jahren hatte es um diese Zeit nicht mehr so geschneit. Selbst von den Lehrern konnte sich niemand an einen ähnlich starken Schneefall erinnern. Als wir nach der sechsten Stunde die Schule verließen, waren überall Räumfahrzeuge unterwegs. Sie mussten mit Licht fahren, der Schnee hatte sich wie ein dichter weißer Vorhang über die Stadt gelegt. Meine Mutter arbeitete wie immer am Mittwoch im Blumengeschäft. Von dort aus rief sie an, dass sie nicht wisse, wann sie nach Hause kommen werde, die Busse hingen fest. Ich solle mir die Nudeln aufwärmen und Schularbeiten machen. »Deine Freunde wirst du bei dem Wetter ja wohl nicht treffen«, sagte sie, bevor sie auflegte.

Da irrte sie sich. Natürlich traf ich mich mit Jurij und Tom. Kalt war es in unserer Hütte, saukalt. Ich hatte Angst, mir frieren die Finger ab. Oder die Ohren. Ich hab schöne Ohren und tolle schwarze Haare, das sagt jeder. Vielleicht bin ich ein bisschen groß und in den Schultern zu breit. Aber meine Ohren sind in Ordnung, die mag ich. Jedenfalls brauchten wir so schnell wie möglich einen Ofen. Zu Jurij oder Tom konnten wir nicht gehen. Die hatten derartig kleine Zimmer, dass man schon Platzangst kriegte, wenn man nur zu zweit war. Und bei mir zu Hause? Da waren sie zu den beiden so unfreundlich, dass ich lieber darauf verzichtete, sie mitzubringen.

»Bald sind wir in Australien«, sagte Jurij. Seine Worte verwandelten sich in durchsichtige Wolken, die Richtung Fenster schwebten.

Tom grinste, sagte wie üblich aber nichts.

»Dann liegen wir in einem coolen Hotel am Pool und trinken Cocktails«, fuhr Jurij fort.

»Und hinterher bist du blau, und wir müssen dich ins Zimmer tragen«, sagte ich.

»Wir haben uns noch gar nicht angeguckt, wie es in der Sparkasse aussieht«, sagte Tom, nachdem wir ein paar Minuten geschwiegen hatten. »Wir sollten wenigstens wissen, wo die Überwachungskameras hängen.«

Jurij nickte. »Du hast recht. Los, wir fahren gleich hin.«

Zum Schutz gegen die Kälte zogen wir unsere präparierten Skimützen bis zum Kinn. Im grauen Dämmerlicht der Hütte sahen wir plötzlich wie echte Bankräuber aus. Obwohl es überhaupt keinen Grund dafür gab, bekam ich Angst, es war ein Gefühl wie vor Klassenarbeiten. Am liebsten wäre ich nicht mitgefahren.

»Was ist mit den Pistolen?«, fragte Jurij.

»Die brauchen wir nicht«, antwortete ich.

Im Steinbruch lag der Schnee zwei Handbreit hoch. Mit unseren Mountainbikes kamen wir nur mühsam voran. Die Hinterräder drehten durch, einmal wäre ich fast gestürzt. Auf der Hauptstraße hatten sie in der Zwischenzeit gestreut, dort ging es besser. Allerdings machte uns der böige Gegenwind zu schaffen. Unterwegs bewarfen uns Kinder mit Schneebällen. Tom drohte ihnen mit der Faust, Jurij sprang vom Rad und feuerte zurück.

Es war noch nicht einmal drei, trotzdem war die Sparkasse hell erleuchtet. Auf dem Bürgersteig vor dem Gebäude räumte ein Mann im blauen Kittel den Schnee weg. Jurij und ich wollten absteigen. Doch Tom schüttelte den Kopf. Langsam fuhren wir durch die Rathauspassage, über den Marktplatz, die Nikolausbrücke, vorbei an unserer Schule.

Warum wir nicht gleich in die Bank gegangen sind? Schließlich sieht es ganz so aus, als hätten wir abgewartet, bis die Luft rein war. Natürlich haben wir das getan, was denken Sie? Vergessen Sie bitte nicht, dass wir ein Spiel spielten, das *Bankraub* hieß. Geht ein echter Bankräuber etwa in eine Bank, wenn draußen jemand Schnee räumt? Nein? Na also.

Nach unserer zweiten Runde durch den Ort war der Mann im blauen Kittel verschwunden. Wir blieben auf der gegenüberliegenden Straßenseite stehen, unschlüssig, was wir als Nächstes tun sollten.

»Gehen wir alle zusammen rein?«, fragte ich.

»Zu auffällig«, sagte Tom.

»Dann gehe ich«, sagte Jurij.

Tom schüttelte den Kopf.

»Warum nicht?«

»Deine Sprache.«

»Was ist mit meiner Sprache?«

»Du kommst aus Russland«, antwortete Tom. »Das hört man. Immer noch.«

»Ich komme aus Kasachstan«, widersprach Jurij.

»Egal«, sagte Tom.

»Was ist mit mir?«, fragte ich.

»Du bist nicht cool genug«, sagte Jurij.

»Na, hör mal!«

»Jurij hat recht«, sagte Tom. »Wenn dich einer von denen anspricht, machst du dir vor Schreck in die Hosen.«

»Gar nicht wahr!«, wehrte ich mich.

»Ich gehe«, sagte Tom.

Hätte ich doch damals vor dem Bankgebäude bloß nicht so schnell nachgegeben. Ich hätte nicht gestottert, unter Garantie nicht. Mir wäre schon was eingefallen, wenn sie mich da drinnen gefragt hätten, was ich will. Wahrscheinlich hätte ich mir erklären lassen, wie ich bei ihnen als Schülerin ein Konto einrichten kann. Oder was anderes. Aber ich ließ Tom gehen. Leider. Mir war kalt, trotz der Handschuhe spürte ich meine Finger kaum noch. Ich wollte die Sache hinter mich bringen. Und dann ab nach Hause.

Wir schoben unsere Räder über die Straße und lehnten sie neben dem Eingang an die Hauswand. Tom ging in die Bank, Jurij und ich stellten uns unters Vordach und beobachteten so unauffällig wie möglich, was in der Sparkasse geschah.

Ich mach's Ihnen nicht leicht, hab ich recht? Da kaufen drei Jugendliche Wasserpistolen und Skimützen, um Bankraub zu spielen. Sparen nicht fürs nächste Handy oder den neuesten CD-Brenner. Laufen nicht in Discos oder zu Flirtpartys von irgendwelchen Tanzschulen. Wer soll der Lina das abnehmen, denken Sie. Kann ich verstehen. Aber was ist eigentlich mit Ihnen? Haben Sie nie verrückte Sachen angestellt? Sind Sie nie mit geschlossenen Augen über eine Kreuzung gegangen? Haben Sie nie irgendwelche Leute mit Telefonanrufen geärgert? Haben Sie sich nie mit Ihren Freunden an Bushaltestellen gestellt und sind nicht eingestiegen, wenn der Bus gehalten hat? Und haben sich über das wütende Gesicht des Fahrers gefreut? Nein? Wir jedenfalls haben solche Sachen gemacht – und verdammt viel Spaß dabei gehabt.

In der Bank saßen drei Angestellte an ihren Tischen, zwei Frauen und ein Mann. Ein zweiter Mann legte, soweit ich das von draußen erkennen konnte, in der Kassenbox Bündel von Geldscheinen in einen Zählautomaten oder wie die Dinger heißen. Kunden schienen nicht im Raum zu sein, jedenfalls sah ich niemanden.

Als Tom hereinkam, schauten die beiden Frauen hoch, eine von ihnen fragte ihn etwas. Während er antwortete – ich sah deutlich, wie er die Lippen bewegte –, verzog er plötzlich das

Gesicht, wie man es tut, wenn man niesen muss.

Das tat er dann auch – und zwar so heftig, dass man es bis vor die Tür hören konnte. Ein zweites Mal nieste er. Und bei dieser heftigen Bewegung rutschte ihm die Skimütze übers Gesicht. Ob es wirklich von ganz allein geschah oder ob er ein bisschen nachhalf, kann ich nicht sagen. Jedenfalls erschien es von draußen wie Zauberei – im Bruchteil einer Sekunde verwandelte Tom sich in einen echten Bankräuber.

Unwillkürlich packte ich Jurij am Arm. Der schien das nicht zu bemerken. Angestrengt starrte er durch die Scheibe, nur sein Adamsapfel hüpfte auf und nieder.

Jetzt sah auch der Mann in der Kassenbox von seiner Arbeit hoch. Er trug seine schwarzen Haare kurz geschnitten, hatte eine Goldrandbrille, schmale Lippen und war höchstens eins fünfundsechzig groß. Im Vergleich zu Tom wirkte er wie ein Zwerg.

Ich weiß nicht, was Tom in diesem Augenblick tat, er stand schräg mit dem Rücken zu uns. Vielleicht tat er überhaupt nichts, wunderte sich nur, dass ihm die Mütze übers Gesicht gerutscht und es plötzlich dunkel war. Jedenfalls griff der Kassierer hastig hinter sich, legte ein Päckchen Geldscheine nach dem anderen vor sich auf die Theke und schob den Haufen schließlich durch die Öffnung in der Scheibe zu Tom hinüber. Dabei redete der Mann ununterbrochen auf ihn ein, redete, als ob es um sein Leben ginge. Seine Kollegen waren aufgesprungen und hielten die Hände über ihre Köpfe. Es sah lustig aus, wie sie dort aufgereiht standen.

Tom zögerte, drehte sich mit der Mütze über dem Gesicht zu uns um und zuckte mit den Schultern. Dann verstaute er das Geld hastig in den Taschen seines Anoraks. Dabei stellte er sich so ungeschickt an, dass ein paar Scheine auf den Boden fielen.

Im ersten Augenblick wollte ich laut loslachen, musste mir die Hand vor den Mund halten, um es nicht zu tun. Irres Spiel, ging es mir durch den Kopf, jetzt machen sogar die anderen Bankangestellten mit. Gleich wird Tom die Scheine wieder auspacken, dachte ich da draußen auf unserem Beobachtungsposten, natürlich wird er das, der ist doch nicht blöd. Und alle werden losprusten und sich gegenseitig auf die Schultern klopfen, und Tom wird lachend herauskommen. Und das wird dann unser Bankraub gewesen sein, und wir werden traurig sein, dass der Spaß schon vorbei ist.

Aber Tom gab die Scheine nicht zurück. Stattdessen drehte er sich zur Tür, um wegzurennen. Doch da stand plötzlich diese kleine alte Frau hinter ihm, wie aus dem Nichts war sie aufgetaucht. Sie trug einen komischen viereckigen Hut und hielt eine Einkaufstasche in der Hand. Vielleicht war sie gerade an ihrem Schließfach gewesen oder auf der Toilette im Keller der Sparkasse, das werden Sie besser wissen. Oder sie hatte sich von Anfang an in der Bank aufgehalten und war mir nur nicht aufgefallen. Jedenfalls rannte Tom gegen sie, rammte sie mit seinen neunzig Kilo – und beide fielen hin. Er war sofort wieder auf den Beinen, die Frau blieb verkrümmt und regungslos liegen.

Und die Leute von der Bank? Die standen immer noch mit hochgereckten Händen da, unbeweglich wie Puppen.

Im nächsten Augenblick kam Tom aus der Tür gestürzt. »Nichts wie weg!«, schrie er. »Los!«

Ich hielt ihn am Ärmel fest. »Aber . . .«, begann ich.

Tom riss sich los. »Wir müssen abhauen!«, schrie er und sprang auf sein Rad.

4.

Jurij und ich hätten bleiben, wir hätten auf die Polizei warten und von unserem Spiel erzählen sollen. Aber wir taten es nicht, leider, wir waren wie abgeschaltet. Ohne weiter darüber nachzudenken, was da gerade in der Bank passiert war, schwangen wir uns auf die Räder und rasten hinter Tom her. Wir fragten uns nicht, warum er zum Steinbruch fuhr, warum wir nicht aus der Stadt verschwanden. Wir folgten ihm, als ob wir von irgendwoher ferngesteuert würden. Auf der Fahrbahn war die Schneedecke wieder gewachsen, zu allem Unglück hatte der Sturm gedreht. Er peitschte uns nassen Schnee in die Augen. Dann waren Sirenen zu hören. Doch vielleicht bildete ich mir das auch nur ein, kann sein, es war bloß das Pfeifen des Windes.

Als wir auf den Weg zum Steinbruch einbogen, passierte es. Jurij und ich fuhren nebeneinander, hatten beide Schwierigkeiten, unsere Räder in der Spur zu halten. Im Scheitelpunkt der Kurve berührten wir uns kurz mit den Ellenbogen, es war nicht einmal ein besonders starker Stoß. Doch Jurij verlor das Gleichgewicht, kam ins Rutschen, stürzte schwer auf einen Stein und blieb mit schmerzverzerrtem Gesicht liegen.

»Tom!«, brüllte ich. »Tom! Warte!«

Doch der schien mich nicht zu hören. Wie ein Wahnsinniger raste er auf unsere Hütte zu.

»Das Knie ist kaputt!«, stöhnte Jurij, als ich mich über ihn beugte.

Ich zog das Rad unter ihm hervor. »Wir müssen hier weg«, sagte ich.

Mühsam richtete Jurij sich auf. »Das Knie ist kaputt«, wiederholte er ächzend.

»Schaffst du es bis zur Hütte?«, fragte ich.

Er nickte stumm.

Wir brauchten eine kleine Ewigkeit. Alle paar Meter mussten wir stehen bleiben. Jurij fluchte leise auf Russisch vor sich hin. Vielleicht sprach er auch ein Gebet, keine Ahnung. Jedenfalls schleppte ich ihn in die Hütte, der Schweiß lief mir dabei in Strömen den Rücken hinunter. Jurij sackte auf einer der alten Matratzen zusammen, ich holte unsere Räder herein und stellte sie zu Toms Mountainbike neben das Fenster. Jetzt war es im Raum ziemlich eng.

In der kurzen Zeit, die seit dem nicht geplanten Banküberfall – oder wie immer wir das nennen sollten – vergangen war, hatte Tom sich verändert. Wirklich, es war unheimlich. Seine Augen schauten kälter, die Lippen schienen schmaler geworden zu sein. Sein Gesicht war wie aus Eis. Oder aus Metall. Ein Fremder saß dort im Sessel. Keiner, der mich hätte streicheln dürfen, mit dem ich gern gekuschelt hätte. Seine Mütze hatte er achtlos neben sich auf den Boden geworfen.

»Wo bleibt ihr denn?«, fragte Tom.

Ich wischte mir den Schweiß von der Stirn. »Jurij ist gestürzt«, sagte ich.

Tom hörte gar nicht hin. Er griff in seine Anoraktaschen und holte die Geldscheine heraus.

»Wir sind reich«, sagte er, nachdem er schweigend gezählt hatte. »Fast fünfzigtausend Euro. Die reichen für Australien. Locker.«

»Zeig mal«, sagte ich. Die Scheine fühlten sich gut an, verdammt gut, das muss ich zugeben. Auch wenn ich mich damit belaste. Reich waren wir nicht, aber mit fünfzigtausend Euro würden wir ganz schön weit kommen.

An was anderes dachte ich in diesem Augenblick nicht, komisch. Ich hatte die alte Frau vergessen, den erschrockenen Kassierer, die Polizei, die uns suchte. Und auch meine Eltern, die aus allen Wolken fallen würden, wenn sie erfuhren, was passiert war. Beim Anblick des Geldes hatte sich in meinem Kopf ein Hebel umgelegt. Für ein paar Minuten dachte ich an nichts anderes als an Sonne, Sand und Meer.

Dann gab ich Tom das Geld zurück, kniete mich neben Jurij und zog seine Hose hoch. Sein linkes Knie war abgeschürft, eine kleine Schwellung war zu sehen. Auf den ersten Blick schien er sich nicht schlimm verletzt zu haben. Trotzdem würde es das Beste sein, ihn so schnell wie möglich zum Arzt zu bringen. Das sagte ich auch zu Tom.

»Zum Arzt? Bist du verrückt?«, rief der. »Dann haben sie uns doch gleich! Warum stürzt der Idiot auch?«

Jurij richtete sich auf. An seiner Schläfe erschien eine dicke Ader. »Ach, ich bin ein Idiot?«, sagte er. Seine Stimme zitterte. »Und was bist du? Bescheuert bist du. Total bescheuert! Was hast du dir eigentlich gedacht? Hast du geglaubt, die von der Sparkasse schenken uns das Geld und fahren uns noch zum Flieger nach Australien? Na? Sag was, du blöder Hund!«

Tom wischte sich über die Augen. Für einen kurzen Moment war er wieder der Alte, schüchtern und ein bisschen ungeschickt. »Aber wir wollten doch die Bank überfallen«, murmelte er. »Das hatten wir uns doch vorgenommen.«

Was er da sagte, ließ mich auf der Stelle aus meinem Traum von Australien aufwachen. »Es war ein Spiel!«, rief ich. »Hörst du? Ein Spiel! Hast du das etwa nicht kapiert? Das darf nicht wahr sein!«

»Ein Spiel, ein Spiel!«, äffte er mich nach. Er schien sich wieder im Griff zu haben. »Der Typ hat mir das Geld gegeben! Habt ihr das von draußen nicht gesehen? Der hat mir die Kohle freiwillig rübergeschoben. Was hätte ich denn tun sollen?«

Jurij stand mühsam auf und humpelte mit geballten Fäusten auf Tom zu. »Was du hättest tun sollen?«, brüllte er. »Du hättest das Geld nicht zu nehmen brauchen! Du hättest die Mütze abnehmen sollen, dich für dein Niesen entschuldigen und gehen. Jetzt haben wir die Polizei am Hals!«

»Mit Streiten kommen wir auch nicht weiter«, versuchte ich, die beiden zu beruhigen. »Lasst uns das Geld zurückbringen. Vielleicht ist es noch nicht zu spät.«

»Du spinnst«, sagte Tom.

Jurij hustete. »Keiner wird uns glauben, Lina. Für die Polizei sind wir Bankräuber, klare Kiste. Nee, wir müssen abhauen. Irgendwie werden wir es schon schaffen.«

Ich gab mich noch nicht geschlagen. »Aber der Kassierer kann doch bestätigen, dass er Tom das Geld freiwillig gegeben hat.«

Tom lachte verächtlich. »Der wird den Teufel tun. Der fliegt raus, wenn er das zugibt.«

»Und was ist mit Jurijs Knie?«

»Halb so wild, Lina«, sagte Jurij. »Ich klaue ein Auto, dann geht's.«

»Das tust du nicht!«, rief ich.

»Willst du mich etwa daran hindern?«, fragte Jurij.

Ich sah, wie er die Geldscheine anstarrte, die Tom noch immer in den Händen hielt. Fing es jetzt bei Jurij an? Kriegte auch er jetzt den kalten Blick? Aber was war eigentlich mit mir? Hatte der Überfall mich nicht genauso verändert wie die beiden anderen?

»Ihr seid verrückt«, sagte ich. »Alle beide.«

»Und du?«, fragte Tom. »Warum hast du nicht auf die Polizei gewartet?«

»Weiß nicht«, antwortete ich. »Es ging alles so schnell.«

Bevor Tom noch etwas sagen konnte, waren Sirenen zu hören. Und diesmal gab es keinen

Zweifel. Sie näherten sich dem Steinbruch. Eindeutig.

»Wir müssen abhauen«, rief Tom. »Sofort!«

»Seid doch vernünftig«, sagte ich. »Wir können nicht nach Australien. Wir kommen nicht mal bis ins Flugzeug.«

Jurij zog mich an der Jacke. »Es ist zu spät, Lina. Wenn sie uns kriegen, stecken sie uns in den Knast.«

Draußen schlug uns ein eiskalter Wind ins Gesicht. Aber der Schneefall hatte zum Glück nachgelassen. Wir hatten keine Zeit mehr, die Tür zu verriegeln, das Geräusch der Sirenen wurde von Sekunde zu Sekunde lauter. Während wir in Richtung Straße liefen, zog Tom einen Zweig hinter sich her. Wahrscheinlich wollte er damit unsere Spuren verwischen, es war einfach lächerlich. Wir kamen viel zu langsam voran, Jurij hinkte stark, immer wieder musste er stehen bleiben.

Wir hatten gerade die Straße erreicht, da hörten wir wieder die Sirenen. Sie waren nicht mehr weit entfernt, schienen sich direkt auf uns zuzubewegen.

»Los!«, rief Tom und begann, einen steilen Hang hinaufzuklettern, dorthin, wo die Bank steht, von der aus man über den ganzen Ort sehen kann. Wieder rannten wir hinter ihm her. Er zwang uns nicht dazu – trotzdem folgten wir ihm. An diesem Abend hatte Tom das Kommando.

Oben wartete er ungeduldig auf uns. Ich zog den vor Schmerzen stöhnenden Jurij die letzten Meter hinter mir her, dann fielen wir neben Tom in den Schnee. Das Herz schlug mir bis zum Hals.

Doch Tom gönnte uns keine Pause. »Weiter!«, kommandierte er und sprang auf.

Und wir rannten. Den Abhang hinunter, über den Bach und den nächsten Hang wieder hinauf. Jurij biss die Zähne zusammen und hielt mit. Keine Ahnung, wie er das aushielt. Wir schlugen einen Bogen um den Rathausplatz. Hörten Sirenen, mal näher, mal weiter entfernt. Versteckten uns auf dem Gelände der alten Werkzeugfabrik. Drückten uns in Hauseingänge und Seitenstraßen. Obwohl ich vom Karatetraining eine riesige Kondition hatte, spürte ich irgendwann vor Anstrengung meine Beine nicht mehr. Unter meiner Skimütze lief mir der Schweiß übers Gesicht. Wir müssen die Dinger wegwerfen, ging es mir durch den Kopf, wir sind verrückt, sie immer noch zu tragen.

»Wo ist eigentlich deine abgeblieben?«, fragte ich Tom, während Jurij und ich unsere Mützen in den Abfallkorb einer Bushaltestelle stopften.

Tom schwieg.

»Wo hast du deine Scheißmütze?«, schrie Jurij.

»Halt die Schnauze!«, bellte Tom zurück. »Die hab ich vergessen, die Mütze.«

»Wo?«

Tom zögerte. »In der Hütte«, antwortete er schließlich.

Mir verschlug es für einen Moment die Sprache. »Dann glaubt uns keiner mehr, dass die ganze Sache bloß ein Spiel war«, sagte ich.

»Was Besseres können die von der Polizei sich gar nicht wünschen«, sagte Jurij.

»Idiot«, sagte ich zu Tom. »Was bist du doch für ein verdammter Idiot!«

Er wurde rot im Gesicht. »Es ist passiert, okay?«, brüllte er los. »Glaubt ihr vielleicht, ich hab das extra gemacht? Was wollt ihr eigentlich? Noch haben sie uns nicht. Also hört auf mit der Flennerei!«

Schweigend liefen wir weiter. Ein paar Mal sah Tom mich von der Seite an. Aber ich tat so, als ob ich es nicht merkte. Ich wollte nichts mehr von ihm, nie mehr. Wenn wir in den Knast mussten, war er schuld. Er ganz allein!

Jurij führte uns zum Supermarkt. Bei den schwierigen Straßenverhältnissen war kaum Betrieb, nur eine Handvoll Autos stand auf dem Parkplatz.

»Zu gefährlich«, sagte Jurij.

»Egal«, sagte Tom.

»Ich hinke«, sagte Jurij. »Das fällt auf.«

»Wir brauchen ein Auto«, sagte Tom. »Oder hast du Schiss?«

Jurij stöhnte. »In Ordnung. Sobald ich an einem Wagen stehen bleibe, rennt ihr los.«

»So schnell kriegst du das hin?«

Jurij grinste. »Noch schneller, Lina.«

Er humpelte auf den Parkplatz, versuchte, sein verletztes Bein nicht nachzuziehen. Es gelang ihm nicht. Ein Mann und eine Frau kamen mit Tüten bepackt aus dem Supermarkt, für einen Augenblick schien Jurij sein Vorhaben abbrechen zu wollen. Doch dann ging er zügig weiter, ohne sich auch nur ein einziges Mal zu uns umzudrehen. Nerven hatte er, alle Achtung.

Er wartete, bis der Mann und die Frau weggefahren waren. Dann ging er zu einem Mercedes, es war ein älteres Modell, ich kenne mich mit Autos nicht aus. Auf dem Dach lag eine mindestens zwanzig Zentimeter dicke Schneeschicht.

»Los!«, zischte Tom.

Als wir das Auto nach einem kurzen Sprint erreichten, saß Jurij schon auf dem Fahrersitz und ließ den Motor laufen. Wahrscheinlich hatte er ihn kurzgeschlossen oder wie das heißt. Tom stieg hinten ein, ich sprang auf den Beifahrersitz. Und Jurij gab Gas.

5.

Mann, war mir kalt. Noch nie im Leben hatte ich so gefroren. Obwohl Jurij die Heizung auf die höchste Stufe gestellt hatte, begann ich, mich von den Füßen her in Eis zu verwandeln. Wir waren auf der Flucht, waren Bankräuber, die eine Sparkasse um fast fünfzigtausend Euro erleichtert hatten. Dass uns ein ängstlicher Kassierer das Geld geradezu aufgedrängt hatte, spielte keine Rolle mehr. Wer ein reines Gewissen hat, braucht kein Auto zu klauen und zu verschwinden.

Es hatte genügend Gelegenheiten gegeben, aus der Sache auszusteigen. In der Bank. Im Steinbruch, als wir die Polizei kommen hörten. Sogar noch am Supermarkt. Aber wir hatten unsere Chancen verpasst. Mit jedem Kilometer, den wir zwischen uns und den Ort des Überfalls legten, wurde der Fall eindeutiger, sank die

Aussicht auf einen Ausweg aus der Geschichte. Jetzt blieb uns nur eins: Wir mussten ein Versteck finden. Und zwar schnell.

Ich verkroch mich tiefer in meinen Anorak. Niemand im Wagen sprach. Jurij war ein guter Fahrer, ihm schien der Schnee auf der Fahrbahn nichts auszumachen. Wenn mir nicht so kalt gewesen wäre, hätte ich ihn bestimmt gefragt, woher er das konnte.

Der Schneefall hatte inzwischen ganz aufgehört, im Licht der Scheinwerfer ließ der nach wie vor starke Wind weiße Fahnen über die Straße tanzen. An freien Stellen hatten sich erste Schneewehen gebildet. Jurij musste einige Male abbremsen und sie vorsichtig umfahren. Außer uns waren nur wenige Leute unterwegs, wer vernünftig war, hatte seinen Wagen stehen lassen.

Unsere Fahrt verlief fast ohne Zwischenfälle. Einer allerdings trieb mir den kalten Schweiß auf die Stirn. Es passierte nämlich genau das, wovor wir am meisten Angst hatten: Uns begegnete ein Streifenwagen, hinter einer lang gezogenen Linkskurve tauchte er plötzlich auf, und weit und breit gab es keinen Waldweg oder Fabrikhof, auf dem wir uns hätten verstecken können. Kaum erfassten unsere Scheinwerfer die grün-weiße Lackierung, rutschte ich tiefer in meinen Sitz, am liebsten hätte ich mich im Handschuhfach verkrochen.

Doch wir hatten Glück (oder auch nicht, wie man's nimmt). Die beiden Polizisten schauten nur kurz zu uns herüber und drehten ihre Köpfe dann wieder gelangweilt weg. Jurij sah viel jünger aus als achtzehn. Das hätte ihnen trotz der Dunkelheit auffallen müssen. Es wäre für uns alle besser gewesen, wenn sie uns da schon geschnappt hätten. Viel besser.

Während mir beim Anblick der Polizisten fast das Herz stehen geblieben war, schien Jurij von dem Vorfall nicht besonders beeindruckt zu sein. Er verringerte nicht einmal die Geschwindigkeit. Doch er ließ in den nächsten Minuten den Rückspiegel nicht aus den Augen. Als hinter uns auch nach einer Viertelstunde kein Blaulicht aufgetaucht war, sagte er: »Ich brauch 'ne Zigarette.«

»Ich hab keine«, sagte Tom.

»Ich auch nicht«, sagte ich. Normalerweise rauchte keiner von uns.

»Dann kauft mir welche!«, brach es aus Jurij heraus. Seine Hände, die das Lenkrad umklammert hielten, zitterten. Auf seiner Stirn standen dicke Schweißtropfen. Offenbar hatte ihn die Begegnung mit dem Streifenwagen doch mehr mitgenommen, als ich gedacht hatte.

»Reg dich ab«, sagte Tom. »Siehst du hier vielleicht irgendwo einen Automaten?«

Jurij trat so heftig auf die Bremse, dass wir mindestens fünfzig Meter weit schlitterten, uns dabei drehten und schließlich schräg zur Fahrbahn an einer Böschung zum Stehen kamen.

»Du Arschloch!«, brüllte er Tom an. »Ohne Zigarette fahr ich nicht weiter! Du hast uns in die Scheiße reingebracht. Du allein! Also besorg mir verdammt noch mal 'ne Zigarette!«

Tom blieb erstaunlich ruhig, es hätte mich nicht gewundert, wenn er zu pfeifen begonnen hätte. »Guck mal im Handschuhfach nach«, sagte er zu mir.

Das Handschuhfach war nicht abgeschlossen. Und es lag tatsächlich eine Packung Zigaretten drin. Filterlose. Sogar ein zerbeultes Zippo fand ich.

Jurij steckte sich eine Zigarette zwischen die Lippen, zündete sie mit dem Feuerzeug an und inhalierte tief. Dann bekam er einen solchen Hustenanfall, dass ich Angst hatte, er erstickt.

»Weiter!«, sagte Tom.

Jurij reagierte nicht.

»Weiter!!«, befahl Tom.

Jurij drehte sich auf dem Fahrersitz um. »Halt die Schnauze«, sagte er. In seinen Augen war ein gefährliches Glitzern, wie ich es noch nie bei ihm gesehen hatte. »Wann ich fahre und wie ich fahre, ist meine Sache. Kapiert? Oder willst du es mal versuchen? Na? – Also nicht. Dann warte, bis ich zu Ende geraucht habe.«

Nach einer Weile öffnete Jurij die Fahrertür und stieg aus.

»Wo willst du hin?«, rief Tom.

»Pinkeln«, antwortete Jurij. Er spuckte verächtlich aus. »Oder hast du Angst, dass ich abhaue?«

Inzwischen hatte es wieder zu schneien begonnen, Jurij verschwand hinter einem weißen Schleier. Als er zurückkam, humpelte er stärker als vorher und verzog das Gesicht.

»Kannst du noch fahren?«, fragte ich, während er unterhalb des Lenkrades die Zündkabel zusammenbrachte, um den Wagen zu starten.

Er nickte. »Geht schon.«

»Wo sind wir eigentlich?«, fragte ich weiter.

»Keine Ahnung«, antwortete er. »Jedenfalls nicht in Australien.«

Seine Witze waren auch mal besser gewesen.

»Was ist mit unseren Eltern?«, fragte ich.

Jurij zuckte mit den Achseln, während er einem dicken Ast auswich, den der Sturm auf die Fahrbahn geworfen hatte.

»Wir müssen sie benachrichtigen«, sagte ich. »Sie müssen wissen, was mit uns ist.«

»Sie müssen wissen, was mit uns ist«, machte mich Tom nach. Bis zu diesem Tag hatte er das nie getan. »Am besten geben wir ihnen gleich noch unsere genaue Adresse.«

»Aber . . .«

»Die Bullen hören die Telefone ab, jede Wette«, unterbrach mich Tom.

»Heißt das . . .«

Wieder unterbrach mich Tom. »Das heißt, dass deine Mutti und dein Vati noch ein bisschen auf deinen Anruf warten müssen.«

»Lass Lina in Ruhe«, knurrte Jurij.

Tom lachte hämisch. »Alte Liebe rostet nicht«, sagte er. »Was, Jurij?«

Der schwieg. Aber ich sah, wie seine Hände sich um das Steuer krampften.

Vor uns verschwand die Straße in einem Wirbel weißer Flocken. Das Gebläse der Heizung pustete mir warme Luft ins Gesicht. Normalerweise wäre ich jetzt eingeschlafen, früher konnte ich das überall. Aber an Schlaf war nicht zu denken, ich war hellwach. Für einen Moment wünschte ich mir, dass dort vorn in dem dunklen Loch, auf das wir beständig zufuhren und das wir nie erreichten, alles zu Ende war. Dass die Straße ins Nichts wegkippte. Zusammen mit den Bäumen und dem Auto. Und mit uns.

Sie meinen, dass wir sogar jetzt noch eine Chance gehabt hätten, aus der Geschichte einigermaßen glimpflich rauszukommen? Dass wir von der nächsten Telefonzelle aus die Polizei hätten rufen können? Dass zumindest ich Aussicht auf eine milde Strafe gehabt hätte? Schließlich war Tom in der Bank gewesen, nicht ich. Das Auto hatte ich auch nicht geklaut, das hatte Jurij getan. Und vorbestraft war ich nicht, ich war noch nicht mal wegen Schwarzfahren aufgefallen.

Mag sein, Sie haben recht. Aber auf unserer Flucht in dem gestohlenen Auto konnte ich nicht normal denken, mir wirbelten die Gedanken durch den Kopf wie die Schneeflocken vor der Windschutzscheibe. Jurij hatte genug damit zu tun, den Wagen auf der Straße zu halten. Und Tom? Der saß hinten und gab keinen Laut von sich.

Es ging auf zehn zu, da sagte Jurij plötzlich: »Das Benzin ist alle.«

»Wie weit reicht es noch?«, wollte Tom wissen.

»Vielleicht zwanzig oder dreißig Kilometer.«

»Wir halten an der nächsten Tankstelle. Geld haben wir ja genug«, sagte Tom.

»Und wenn keine kommt?«, fragte ich.

Er gab keine Antwort. Aber das war nichts Besonderes, das machte er oft.

Natürlich fanden wir keine Tankstelle, die geöffnet hatte. Wie auch an diesem verfluchten Mittwoch. Das heißt, zweimal glaubten wir Glück zu haben. Doch beide Tankstellen hatten geschlossen. Wir hatten Geld, fast fünfzigtausend Euro, wir hätten damit bis ans Ende der Welt fahren können. Und jetzt kriegten wir kein Benzin, nicht einen Liter. Das war schon fast wieder komisch.

Irgendwann begann der Motor zu stottern, Jurij kuppelte aus und steuerte den Wagen auf den Randstreifen. Wir befanden uns irgendwo in einem ausgedehnten Waldgebiet, weit und breit war kein Licht zu sehen.

»Und nun?«, fragte ich.

»Was weiß ich«, stöhnte Jurij. »Laufen kann ich jedenfalls nicht.«

»Einer muss zur nächsten Tankstelle gehen«, sagte Tom.

»In Ordnung, ich mach's«, sagte ich.

Tom schüttelte den Kopf. »Glaubst du, ich bin blöd? Du rufst Mami und Papi an, und dann haben wir die Bullen auf dem Hals.«

»Dann geh du«, schnauzte ich ihn an.

»Und euch lasse ich hier?« Tom grinste. »Ich denke nicht dran. Ihr beide steckt doch unter einer Decke.«

»Also, was ist jetzt?«, fragte Jurij, ohne auf

Toms Gerede einzugehen. »Ich kann nicht mehr stehen.«

Tom zeigte in den Wald. »Dahinten ist ein See«, sagte er.

Es war in der Dunkelheit kaum zu erkennen, aber zwischen den Tannen lag tatsächlich ein ziemlich großer See.

»Und was weiter?«, fragte ich. »Willst du angeln?«

»Wir kippen den Wagen rein«, sagte Tom. »Dann wird niemand erfahren, dass wir hier in der Gegend sind. Und hinterher suchen wir uns eine Bleibe.«

»Du spinnst«, sagte ich.

»Hast du vielleicht eine bessere Idee?«, fragte er.

»Ja«, antwortete ich. »Wir stellen uns.«

»Du nervst«, sagte Tom. »Ich geh nicht noch mal in den Knast.«

Mir schlug es fast die Beine weg. Mit allem hatte ich gerechnet, nur nicht damit. Stimmte schon, ich wusste wenig über ihn. Aber das hatte ich total normal gefunden. Wir waren zusammen, was anderes hatte mich nicht interessiert.

»Du warst im Knast?«, fragte ich, nachdem ich mich ein bisschen von der Überraschung erholt hatte.

Tom nickte. »Sechs Wochen Jugendarrest.«

»Weshalb?«

»Ich hab einen zusammengeschlagen. Er hat sich mit mir angelegt, wollte wohl rauskriegen, wer von uns beiden der Stärkere ist. Am nächsten Tag hat er mir seine Freunde geschickt. Die haben auch ihr Fett abgekriegt. Einen hab ich am Auge verletzt. Wollte ich nicht, dumme Sache. Er musste ins Krankenhaus. Seine Eltern haben mich angezeigt. Der Richter hat denen geglaubt, nicht mir.«

»Warum hast du mir das nie erzählt?«

Tom wischte sich den Schnee aus dem Gesicht. »Weiß nicht«, antwortete er. »Jedenfalls hat der Richter gesagt, dass ich das nächste Mal nicht so billig davonkomme. Aber ich gehe nicht ins Gefängnis. Eher bringe ich mich um. Im Knast kriege ich keine Luft, da hab ich Angst zu ersticken, da . . .« Er brach ab.

»Tom hat recht. Wir können uns nicht stellen, Lina«, sagte Jurij. »Für Bankraub gibt's keinen Sozialdienst am Wochenende. Oder ein bisschen Jugendarrest. Da gehst du in den Bau. Mindestens fünf Jahre, schätze ich. Los, hilf uns. Wir müssen den Wagen loswerden.«

Ich machte keinen Versuch mehr, die beiden umzustimmen. Dazu war ich zu durcheinander. Jurij setzte sich hinters Steuer, Tom und ich schoben das Auto durch den tiefen Schnee zu einem abschüssigen Weg, der am See zu enden schien. Mit einem letzten kräftigen Schwung setzten wir den Wagen in Bewegung. Langsam holperte er bis zur Uferböschung.

Nachdem Jurij ausgestiegen war, stellten wir uns zu dritt hinter den Mercedes und versuchten, ihn ins Wasser zu bugsieren. Es ging wahnsinnig schwer, ich dachte schon, wir schaffen es nicht. Doch endlich kippte die Schnauze des Wagens nach vorne weg, er rollte zwischen ein paar Birken hindurch in den See und versank. Bald war nur noch das Dach zu erkennen. Dann war auch das verschwunden. Ein paar Blasen stiegen auf und zerplatzten.

Der See war zum Glück tief, offenbar fiel er schon am Ufer steil ab. Was hätte uns die Aktion gebracht, wenn er flach gewesen wäre? Übrigens – ist der Wagen eigentlich gefunden worden? Sie müssten es doch wissen!

Schweigend trotteten wir zur Straße zurück. Wie lange war es her, seit wir die Hütte verlassen hatten? Sechs Stunden? Sieben? Die Zeit hatte jedenfalls ausgereicht, um uns einander fremd werden zu lassen. Total fremd. Da war nichts mehr von Freundschaft. Da waren nur noch drei Menschen, die irgendwie zusammen klarkommen mussten. Ob sie es wollten oder nicht.

»Ich kann nicht laufen«, sagte Jurij, als wir wieder auf der Straße standen. »Mein Knie wird immer dicker.«

»Hast du dein Handy dabei?«, fragte Tom.

Jurij schüttelte den Kopf.

»Schade. Sonst hätten wir ein Taxi rufen können.«

»Und wohin, bitte schön, hätten wir es bestellen sollen?«, fragte ich. »Oder weißt du inzwischen, wo wir sind?«

Tom gab keine Antwort. Schließlich sagte er: »Vielleicht gibt es hier irgendwo eine Hütte.«

Die nächste Hütte. Wieder eine Hütte. Aber was anderes fiel mir auch nicht ein. Also liefen wir los. Stapften, einer hinter dem anderen, durch den Schnee. Nach einem Kilometer (oder zweien, ich hatte schon lange jedes Gefühl für Entfernungen verloren) kamen wir zu einem Hinweisschild, das in den Wald zeigte. *Landgasthaus Alte Mühle* lasen wir im Schein des Zippo und *Kalte und warme Küche*. Dem Schild hätte ein neuer Anstrich gut getan, überall blätterte die Farbe ab.

»Das gucken wir uns an«, sagte Tom.

»Und wenn da jemand ist?«, fragte Jurij, der sich in den Schnee hatte fallen lassen und sein Knie massierte.

»Dann gehen wir wieder«, sagte ich.

In dem Haus, zu dem wir ein paar Minuten später kamen, wohnte garantiert niemand mehr. Der Vorbau, an dem eine alte Speisekarte hing, war eingestürzt, das Haupthaus bot einen trostlosen Anblick. Das, was von dem Mühlrad übrig war, lag zerbrochen und tief eingesunken in einem Bach, der jetzt zugefroren und mit Schnee bedeckt war. Einige Fenster des Lokals waren zugemauert, die anderen hatte man wie die Tür zur Küche mit Bohlen versperrt. Tom riss sie mühelos herunter, so vermodert waren sie.

Drinnen war es stockfinster. Im Schein des Feuerzeugs sahen wir nichts als umgestürzte Tische und Stühle. Aus den Wänden hingen Elektrokabel, zwei große Säle waren vollständig ausgeräumt. In einer Ecke der Garderobe lagen zusammengeknüllt Vorhänge. Sie rochen nach Schimmel. Wir suchten uns ein Plätzchen in einer Art Vorratskammer, in der es nicht ganz so kalt war, legten uns hin und deckten uns mit den Stoffen zu.

Tom und Jurij schliefen sofort ein. So hatten wir oft in der Hütte im Steinbruch übernachtet. Im Sommer, wenn es warm war und die Grillen zirpten. Meinen Eltern hatte ich immer erzählt, ich sei bei Melanie.

Wie lange war das her? Wann hatte ich Tom

das letzte Mal geküsst? Gestern? Oder lag es bereits Wochen zurück?

Ich versuchte, eine günstigere Position auf dem harten Boden zu finden. Es gelang mir nicht. Schließlich legte ich den Vorhang unter mich. Jetzt fror ich zwar stärker, aber wenigstens lag ich etwas weicher.

Irgendwas stimmte nicht mit mir. Wieso ging ich mit Jungen wie Jurij und Tom? Fand ich nur solche Typen interessant, die anders waren als die anderen? Die sich nicht die Bohne darum kümmerten, was die Leute von ihnen dachten? Und: Was wusste ich eigentlich von den beiden? Gerade hatte ich erfahren, dass Tom mal Jugendarrest bekommen hatte. Wenn nicht die Sache in der Sparkasse passiert wäre, hätte er mir das wahrscheinlich nie erzählt. Wie konnte einer, der zärtlich war wie keiner, so sein? Wie konnte einer, der wochenlang eine kranke Elster pflegte, jemanden so zusammenschlagen, dass der ins Krankenhaus musste?

Und Jurij? Der klaute ein Auto in der Zeit, in der andere ihre Haustür aufschließen. Der hatte auch schon eine Jugendgerichtsverhandlung hinter sich. Wegen Autodiebstahls, weshalb sonst? Der kannte sich aus mit kriminellen Geschichten. Was machte er, wenn wir nicht zusammen waren? Was war, wenn er zu der Bande von Autodieben gehörte, von der alle im Ort redeten? Was war, wenn er Tom bei irgendwelchen krummen Dingern kennengelernt hatte? Vielleicht war ich ja all die Monate über blind gewesen. Und taub.

6.

Bei Ihrem letzten Besuch wollten Sie wissen, wie ich gelebt habe. Ich hab lange darüber nachgedacht, was Sie mit der Frage gemeint haben könnten. Interessiert es Sie wirklich, dass ich in einem sechsstöckigen Haus mit vierundzwanzig Wohnungen wohne? Dass mein Vater seit zwei Jahren arbeitslos ist? Dass meine Mutter an drei Tagen in der Woche im Blumengeschäft arbeitet? Nein, das kann es nicht gewesen sein, das müssten Sie alles in meiner Akte gelesen haben.

Bestimmt wollten Sie wissen, wie ich mich gefühlt hab. Mit meinen Eltern zum Beispiel. Und überhaupt. Also gut: Ich mag sie, ich hab überhaupt keinen Grund, mich über sie zu beklagen. Obwohl mein Vater arbeitslos ist, sind sie großzügig, und das nicht bloß beim Taschengeld. Manchmal glaube ich, meine Mutter hat nur deshalb die Stelle im Blumengeschäft angenommen, damit sie mir was kaufen kann. Damit in der Schule keiner blöde Bemerkungen macht, weil ich Klamotten anhabe, die kein normaler Mensch mehr trägt. Ob wir uns auch gestritten haben, fragen Sie? Na klar, wer tut das nicht.

Mit meinem Vater konnte ich immer reden. Er war der Einzige, der mir richtig zuhörte, der nicht darauf wartete, endlich von sich selbst erzählen zu können. Obwohl – seit er seine Stelle verloren hat, hat er sich verändert. Oft fängt er schon morgens mit dem Trinken an. Er brauche das, sagt er. Dann vergesse er, dass ihn keiner mehr einstellen will, nicht mal als Lagerist oder Nachtwächter. Dann vergesse er, dass sie ihn weggeworfen haben. Wie ein benutztes Tempotaschentuch.

Wenn man ihn nicht kennt, merkt man nichts. Wahrscheinlich weiß keiner von den Nachbarn, dass er trinkt. Um den Schnapsgeruch zu beseitigen, lutscht er Pfefferminzbonbons, überall in der Wohnung liegen die Tüten herum. Ein bisschen zittern ihm nach dem Aufstehen die Hände, aber da muss man schon genau hinschauen. Er hat meine Mutter und mich auch nie geschlagen, da konnte er noch so betrunken sein. Wenn ich was angestellt hatte, ist er immer nur unheimlich traurig geworden. Dann hat er einen Tag oder zwei nicht mit mir gesprochen. Das war ganz schlimm für mich.

Ich weiß nicht, ob es gut ist, Ihnen das alles zu schreiben. Aber jetzt steht es auf dem Papier, und da soll es meinetwegen bleiben. Bitte, mein Vater darf nie erfahren, dass ich Ihnen von seinen Problemen erzählt habe. Er würde das nicht verstehen.

Jurij und Tom sind beide von ihren Eltern verprügelt worden, und zwar heftig. Jurij kam eines Nachmittags sogar mit einem blauen Auge und Blutergüssen an beiden Oberarmen in die Hütte. Sein Vater war wegen irgendeiner Kleinigkeit ausgerastet und hatte ihn die Treppe hinuntergestoßen. Jurij hatte noch Glück. Er hätte sich auch das Genick brechen können.

Tom hat sie mit dem Lederriemen gekriegt. Wenigstens hat er mir das erzählt. Mit der Gürtelschnalle auf den nackten Hintern hat ihn sein Vater geschlagen. Manchmal jede Woche. Bis Tom sich gewehrt und seinen Vater verdroschen hat. Fünfzehn war er da und größer als seine Eltern. Mit fünfzehn hat er noch Prügel gekriegt. Können Sie sich das vorstellen? Sein Vater hat Angst bekommen, hat sich von dem Tag an verdrückt, sobald Tom ein bisschen lauter geworden ist.

Ob die beiden ihre Väter trotzdem gemocht haben? Ich weiß nicht. Jedenfalls hab ich nie was Gutes über sie gehört. Auch über ihre Mütter nicht. Tom und Jurij waren immer froh, wenn sie von zu Hause abhauen konnten.

Mein Leben war in Ordnung. Vorher. Mit meinen Eltern verstand ich mich. In der Schule kam ich einigermaßen klar. Ich hatte einen Freund, um den mich nicht nur Melanie beneidete. Und in Jurij hatte ich fast so was wie einen Bruder. Außerdem hat Geld mich nie besonders interessiert. Warum hätte ich bei einem Banküberfall mitmachen sollen? Wie das bei Tom und Jurij war, weiß ich nicht. Jurij wurde von der Geschichte genauso überrollt wie ich, der konnte sich nicht dagegen wehren. Und Tom? Kann schon sein, dass er von Anfang an seinen eigenen Plan hatte. Aber sicher bin ich mir nicht.

Als ich am nächsten Morgen aufwachte, schien die Sonne. In schmalen Streifen zwängte sich das Licht zwischen den Brettern vor den Fenstern hindurch in die Kammer. Die beiden anderen schliefen noch. Tom hatte seinen Arm über Jurijs Bauch gelegt und stieß den Atem mit leisem Zischen aus. Wie die beiden dalagen, hätte man sie für die besten Freunde halten können.

Ich stand auf, reckte mich, dass meine schmerzenden Knochen knackten, und ging zu einem der Fenster. Durch einen Spalt sah ich einen Ausschnitt des Hofs. Die Schneedecke war über Nacht offenbar noch angewachsen, zwischen verwilderten Büschen und krumm gewachsenen Apfelbäumen liefen Tierspuren kreuz und quer durcheinander. Waschbecken und Kloschüsseln waren zu einem wilden Haufen aufgetürmt. Eine Krähe saß auf seiner Spitze und putzte sich die Federn.

Eigentlich hatte ich keinen Grund, fröhlich zu sein. Schließlich hatte sich unsere Lage nicht verändert, sie war noch genauso ausweglos wie am Abend zuvor. Trotzdem fühlte ich mich plötzlich gut, irgendwie leicht. Auf einmal hatte ich das sichere Gefühl, dass sich alles einrenken würde. Dass ich spätestens am nächsten Montag wieder in der Schule sitzen würde, auf meinem Platz neben Melanie. Dass ich mich am selben Nachmittag mit Tom und Jurij in der Hütte im Steinbruch treffen und dass wir über unser Abenteuer lachen würden. Schon verrückt, wie anders die Welt bei Tage aussieht.

Tom und Jurij wachten fast gleichzeitig auf. Hastig und mit einem Gesichtsausdruck, als hätte er sich verbrannt, zog Tom seine Hand von Jurijs Bauch zurück. Jurij rollte sich auf die Seite und versuchte aufzustehen. Doch er schaffte es nicht. Er versuchte es ein zweites Mal. Es gelang ihm wieder nicht.

»Mein Knie«, stöhnte er.

»Was ist mit deinem Scheißknie?«, knurrte Tom. Mit einem Satz war er auf den Beinen. »Wegen dir hängen wir hier fest«, schimpfte er. »Weil du zu blöd zum Fahrradfahren bist!«

»Lass ihn in Ruhe«, sagte ich. »Siehst du nicht, dass er Schmerzen hat?«

»Na und?«, rief Tom. »Ohne ihn könnten wir schon längst wieder unterwegs sein!«

So schnell, wie sie gekommen war, war meine gute Laune jetzt verflogen. Nichts würde gut werden, heute nicht und morgen nicht und niemals.

»Und wenn wir ihn hierlassen?«, fragte mich Tom. Er ließ nicht locker, wollte Jurij offenbar unbedingt loswerden.

»Hierlassen?«, rief ich. »Soll Jurij verhungern oder was?«

Tom griff in seine Anoraktasche, holte ein Bündel Geldscheine heraus und zählte die Scheine vor Jurij auf den Boden. »Da hast du deinen Anteil«, sagte er. »Sechzehntausend Euro. Bis zur Straße schaffst du es schon. Irgendeiner nimmt dich bestimmt mit. Lina und ich müssen weiter.«

Jurij fuhr mit dem Daumen über die Geldscheine. Immer wieder. In seinen Augen standen Tränen, keine Ahnung, ob aus Trauer oder vor Wut. »Du bist ein Schwein, Tom«, sagte er leise. »Willst mich verrecken lassen. Und ich dachte, du bist mein Freund.«

Er schob die Scheine zurück. »Steck dir das Geld in den Arsch.«

Ich kniete mich neben Jurij auf den Boden und nahm ihn fest in die Arme. Sollte Tom doch denken, was er wollte. Mit dem war sowieso Schluss. Schlimm genug, dass er uns in den Schlamassel gebracht hatte. Jetzt stellte sich auch noch heraus, was für ein mieser Typ er in Wirklichkeit war. Und in so einen war ich mal verknallt gewesen!

»Hier verreckt keiner!«, sagte ich. »Wir bleiben, bis Jurij wieder laufen kann.«

Tom lehnte sich uns gegenüber an die Wand. Ob es ihm was ausmachte, dass ich Jurij in meinen Armen hielt? Er ließ sich jedenfalls nichts anmerken.

»Ich hab Hunger«, sagte er.

Jurij spuckte aus. »Friss Schnee!«

»Ich brauch was zu essen«, sagte Tom.

»Dann besorg uns was«, fauchte ich ihn an.

Tom schüttelte den Kopf. »Ich bin doch nicht verrückt. Ihr holt die Polizei, sobald ich weg bin.

Und dann schiebt ihr alles auf mich. Sogar den Autodiebstahl. Aber damit kommt ihr nicht durch, verlasst euch drauf!«

»Also gut. Dann hole ich uns was zu essen«, sagte ich zu Tom. »Dein Gesicht haben sie in der Sparkasse gesehen. Von dir gibt es bestimmt schon ein Fahndungsfoto. Mich kennt keiner.«

»Fahndungsfoto?« Tom wurde blass. Es sah aus, als habe er sich über diese Möglichkeit noch keine Gedanken gemacht.

»Und wenn du nicht zurückkommst?«, fragte er.

Ich versuchte zu lachen. »Glaubst du im Ernst, ich laufe zur Polizei? Ich will nicht in den Knast, genauso wenig wie ihr.«

Tom drückte mir zwei Hunderteuroscheine in die Hand. »Bring Zeitungen mit«, sagte er.

Ich war fast aus der Tür, da rief Jurij mich zurück. »Pass auf dich auf, Lina«, sagte er. Seine Stimme klang belegt, sein Lächeln wirkte irgendwie verrutscht.

»Du auch, Jurij.«

»Und bring Cola mit«, sagte er. »Mindestens fünf Flaschen.«

»In Ordnung.«

»Und Wodka.«

»Wodka?«, fragte ich erstaunt.

Jurij nickte. »Damit reib ich mein Knie ein.

Vielleicht hilft das. In Kasachstan ist Wodka Medizin gegen alles.« Er zögerte einen Moment und zog die Nase hoch. »Sogar gegen Schneestürme und Wölfe«, fügte er dann hinzu.

»Und was übrig bleibt, trinken wir«, sagte Tom. Jurij und ich beachteten ihn nicht.

7.

Rund um das Ausflugslokal hatte der Schnee sich zu Hügeln aufgetürmt. Er reflektierte die Sonne so stark, dass ich die Augen zukneifen musste. Aber hier draußen war es viel wärmer als im Haus. Je länger ich lief, desto mehr verschwand die Kälte aus meinen Gliedern.

Es dauerte eine Weile, bis ich die Straße erreichte. Das Gehen im lockeren Schnee war mühsam, immer wieder sank ich bis zu den Knöcheln ein. Auf der Bundesstraße ging es besser. Die Räumfahrzeuge hatten nicht nur die Fahrbahn, sondern auch die Randstreifen freigeräumt, ich kam gut voran.

Ich weiß nicht, wie lange ich schon unterwegs war, als ein BMW neben mir hielt. Der Fahrer – er hatte offenbar gefärbte schwarze Haare und trug eine verspiegelte Sonnenbrille – ließ die Scheibe herunter und rief: »Wo willst du hin?«

Ich antwortete nicht, zog nur hastig die Kapuze über den Kopf und ging schneller.

Doch der Typ ließ sich nicht abschütteln. Mit aufheulendem Motor fuhr er dicht an mich heran. »Du brauchst keine Angst zu haben!«, rief er. »Ich tu dir nichts!«

»Verschwinden Sie!«, schnauzte ich ihn an und hätte ihm am liebsten eine Beule ins teure Blech getreten. »Hauen Sie ab!«

Er lachte bloß. »Bis zum nächsten Ort sind es noch fünf Kilometer«, sagte er. »Willst du die etwa laufen? Steig ein, ich bring dich hin!«

»Verschwinden Sie!«, wiederholte ich. »Oder . . .«

»Oder was?«

Recht hatte er, der Typ. Was hätte ich in diesem Augenblick schon unternehmen können? Die Tür aufreißen und ihn mit einem gezielten Tritt bewegungsunfähig machen? Darauf warten, dass ein anderes Auto vorbeikam, dessen Fahrer ich um Hilfe bitten konnte? Aber der Mann in dem BMW tat mir nichts, der bot mir doch nur an, mich mitzunehmen. Die Polizei schied sowieso aus. Die durfte ich nicht alarmieren. Und selbst wenn ich es gewollt hätte – ich hatte ja kein Handy dabei.

Also blieb wieder mal bloß die Flucht. Mit einem Satz sprang ich über den Straßengraben, landete in hüfthohem Schnee, arbeitete mich mit Mühe heraus und lief zwischen hohen Tannen hindurch zu einem Weg, der parallel zur Bundesstraße durch den Wald führte. Als ich neben einer Futterraufe stehen blieb, hörte ich, wie der BMW-Fahrer Gas gab und verschwand.

Es war nicht das erste Mal, dass mich einer auf der Straße anmachte. Normalerweise hatte ich keine Angst, immerhin hab ich den schwarzen Gurt. Aber noch nie hatte ich mich so hilflos gefühlt wie in diesem Augenblick. Ich durfte um keinen Preis auffallen, durfte keinen Verdacht erregen. Deshalb war eigentlich sogar mein Wegrennen falsch gewesen. Am liebsten hätte ich mich einfach unsichtbar gemacht. Der Typ hatte meine Unsicherheit gespürt, keine Frage. Der hatte genau gemerkt, dass mit mir was nicht stimmte. Er hätte blind sein müssen, es nicht zu tun. Schließlich hatte ich mich seit vierundzwanzig Stunden nicht gewaschen, meine Haare waren fettig und ungekämmt.

Sah man mir die gesuchte Bankräuberin eigentlich inzwischen an? Alarmierte der BMW-Fahrer vielleicht genau in diesem Moment die Polizei und erzählte denen, dass ein Mädchen mutterseelenallein durch den Wald an der Bundesstraße lief? Sie sollten doch mal nachschauen, es sehe aus, als ob das Mädchen von zu Hause abgehauen wäre.

Obwohl ich bei jedem Schritt einsank, blieb ich auf dem Waldweg. Ich hatte nicht die geringste Lust, der Polizei in die Arme zu laufen. Außerdem konnte ich auf weitere Angebote, mich in den nächsten Ort zu fahren, verzichten.

Es war schön hier, verdammt schön. Fast hätte ich mich auf einer der Lichtungen links und rechts des Wegs in den Schnee gelegt und mich von der Sonne bescheinen lassen. Aber Tom und Jurij warteten. Vor allem Jurij brauchte unbedingt Hilfe.

Hinter einer Biegung hörten der Wald und der Weg auf. Vor mir erstreckte sich ein riesiges Feld bis ins Tal, dahinter verlor sich das Band der Autobahn im Dunst. Am Fuß des Hügels glaubte ich, eine Raststätte zu erkennen. Eine Raststätte war nicht schlecht. Dort gab es so ziemlich alles, was wir brauchten. Und niemand würde sich an mich erinnern. Anders als in einem Dorfladen.

Auf meinem Weg übers Feld scheuchte ich eine Versammlung von Krähen auf. Sie flogen schimpfend eine Runde und landeten ein paar Meter hinter mir wieder im Schnee. Als ich weiterging, blieb ich mit dem Fuß in einer Ackerfurche hängen und stürzte. Es tat nicht weh. An den Schnürriemen meiner Stiefel hingen inzwischen kleine Eiszapfen, meine Hose war steif vom Frost.

Nach einer halben Ewigkeit erreichte ich die Raststätte. Obwohl diese Gebäude an allen Autobahnen gleich aussehen, erkannte ich sie sofort wieder. Meine Eltern und ich hatten auf unseren Fahrten in den Urlaub hier schon öfter eine Pause eingelegt. Wenn ich mich nicht irrte, war Frankfurt die nächste große Stadt. Bei unserer Flucht mussten wir dreihundert Kilometer gefahren sein. Mindestens. Im Augenblick herrschte viel Betrieb, an den Tanksäulen hatten sich Fahrzeugschlangen gebildet. Das war gut für mich. Niemand würde Zeit haben, auf ein ungewaschenes und ungekämmtes Mädchen zu achten.

Ich stieg über einen mannshohen Zaun und landete auf einem Kinderspielplatz. Dort klopfte ich mir den Schnee von Anorak und Stiefeln. Es brauchte ja nicht jeder zu sehen, dass ich zu Fuß hierhergekommen war. Danach schlenderte ich zur Raststätte. Als ich in den Spiegel neben der Eingangstür blickte, erschrak ich. Meine Augen waren verquollen, die fettigen Haare standen mir wirr um den Kopf, die Schminke hatte schwarze Spuren auf meine Backen gezeichnet. Schnell wischte ich das Make-up mit Spucke ab und strich mir die Haare glatt. Erst jetzt traute ich mich in den Laden gleich neben dem Schnellrestaurant.

Dort war es voll, niemand schien mich zu beachten. Ich packte in den Einkaufskorb, was hineinging, beschränkte mich dabei auf Lebensmittel, die nicht warm gemacht zu werden brauchten. Dann warf ich einen Kamm dazu, ein Stück Seife, Zahnpasta, drei Zahnbürsten, Kerzen und ein großes Paket Streichhölzer. Obenauf legte ich eine Flasche Wodka. Sie wundern sich sicher, dass ich keine Taschenlampe mitgenommen habe. Ich weiß auch nicht – ich hab nicht einmal danach gesucht.

Vielleicht hab ich wegen dem Schnee ja an Advent und an einen Kranz mit dicken roten Kerzen gedacht. Oder an Weihnachten. Oder an gar nichts. Ich hab es vergessen.

»Für wen ist der Wodka?«, fragte mich der Mann an der Kasse.

Bin ich in diesem Augenblick rot geworden? Hab ich gestottert? Auch das weiß ich nicht mehr. Jedenfalls erklärte ich dem Menschen, dass der Schnaps für meinen Vater sei. Dass der dorthinten im Auto sitze und auf mich warte. Ja, in dem roten Golf. Mein Vater wäre normalerweise selber gekommen, aber er habe sich beim Schneeräumen vor unserem Haus den Fuß verstaucht.

Der Mann verzog das Gesicht zu einem schiefen Lächeln. Wahrscheinlich war meine Erklärung nicht besonders originell gewesen. Trotzdem sagte er: »In Ordnung.«

Ich bezahlte mit den beiden Hunderteuroscheinen, steckte das Wechselgeld in die Tasche meines Anoraks und trug die schweren Einkaufstüten zum Zeitungsstand.

Hätte ich es nicht getan, wäre mir einiges erspart geblieben. Denn dort sah ich mein Bild, es lächelte mir ungefähr zwanzigmal entgegen. Ich kannte das Foto, mein Vater hatte es bei meiner Konfirmation aufgenommen. Ich trage noch meine Zahnspange und sehe einfach scheußlich aus.

Haben Sie sich schon mal auf der ersten Zeitungsseite gesehen? Nein? Seien Sie froh. Mit einem Bild von Tom hatte ich ja gerechnet. Immerhin war er in der Bank gewesen und bestimmt von der Überwachungskamera gefilmt worden. Aber Jurij und ich? Wie konnte die Presse schon ein paar Stunden nach der Geschichte in der Bank unsere Bilder haben? Die Bankräuberin mit der Zahnspange war jetzt auf ein paar Millionen Zeitungen gedruckt. Wir waren berühmt, irgendwie. Manchmal hatte ich davon geträumt. Aber so hatte ich mir das nicht vorgestellt.

Es war das Blatt mit den fetten roten Balken und den dicken Überschriften. Toms Foto hatten sie links, Jurijs rechts, meins in die Mitte gesetzt. *FAHRRADBANDE SCHLUG ZU* stand in riesigen Buchstaben darunter. Dann etwas kleiner: *Frau (78) starb bei brutalem Bankraub.* Und weiter: *Bei einem dreisten Banküberfall erbeuteten drei Jugendliche (15, 16 und 17 Jahre alt) 50 000 Euro. Der maskierte Anführer der Bande, Thomas G. (17), bedrohte die Bankangestellten mit einer Pistole und zwang den Kassierer zur Herausgabe des Geldes. Bei dem Überfall erlitt eine zufällig anwesende Kundin, Elisabeth A. (78), einen tödlichen Herzinfarkt. Die Räuber entkamen auf ihren Fahrrädern. Trotz einer sofort eingeleiteten Großfahndung fehlt von ihnen jede Spur.*

Die Sparkasse scheint Kriminelle anzuziehen. Sie wurde bereits zum dritten Mal in den letzten beiden Jahre überfallen.

»Wenn du die Zeitung lesen willst, musst du sie schon kaufen!«, hörte ich den Mann an der Kasse rufen. Wie ferngesteuert, ohne auch nur einen Moment nachzudenken, zog ich mir die Kapuze tiefer ins Gesicht. Ich trug zwar keine Zahnspange mehr. Aber sonst sah ich immer noch wie auf dem Foto aus.

Hastig nahm ich ein Exemplar vom Ständer und faltete es so, dass unsere Fotos nicht zu sehen waren. Dann zahlte ich und ging hinaus.

Auf einmal hatte ich das Gefühl, dass mir die Leute nachschauten. Etwas stieg in mir hoch, ein Gefühl, als ob man mir die Luft abschnürte. Am liebsten wäre ich sofort weggerannt. Hätte die Einkaufstüten in den nächsten Müllcontainer geworfen und wäre zurück in den Wald gelaufen. Wo ich ganz allein gewesen wäre. Wo ich wieder Luft gekriegt hätte. Aber ich zwang mich zur Ruhe. Es gab noch was zu tun.

Im Telefonhäuschen vor dem Eingang zum Restaurant stand eine Frau. Ich musste mindestens zehn Minuten warten, bis ich an die Reihe kam.

Meine Mutter war sofort am Apparat. »Lina, mein Kind! Gott sei Dank, dass du anrufst!«, rief sie. »Warum habt ihr das bloß gemacht? Wo steckst du? Geht es dir gut? Bitte, komm sofort nach Hause. Es wird alles halb so schlimm, sollst mal sehen. Papa sagt das auch. Möchtest du ihn sprechen?«

»Du, Mama«, begann ich.

Doch sie ließ mich nicht zu Wort kommen. »Das hat doch alles keinen Zweck«, redete sie weiter auf mich ein. »Die Polizei kriegt euch doch sowieso. Am besten, ihr stellt euch. Ja? Bitte, Lina!«

»Du, Mama«, versuchte ich es ein zweites Mal.

Aber meine Mutter hatte den Hörer schon an

meinen Vater weitergegeben. »Hallo, Lina«, hörte ich seine Stimme. Sie klang rau, ganz anders als sonst.

»Hallo, Papa«, sagte ich und begann zu heulen. Ich wollte nicht, ich wollte ihm erzählen, wie alles passiert war. Er sollte verstehen, dass es bloß ein Spiel gewesen war. Aber ich kam einfach nicht gegen die Tränen an.

»Wo bist du? Wenn du willst, komm ich dich holen«, sagte mein Vater. »Ohne Polizei. Ich schaffe das schon.«

»Mensch, Papa. Es tut mir so leid«, sagte ich und konnte wieder nicht weiter. Dann legte ich auf.

Vor der Telefonzelle wartete ein älterer Mann. Als ich herauskam, lächelte er mich freundlich an. »Sehr schlimm?«, fragte er.

Ich nickte stumm, wischte mir dabei die Tränen von der Backe.

»Ja, Ja, die Liebe«, sagte er. »Die kann einem ganz schön zu schaffen machen. Stimmt's?«

Der Mann war so nett, und ich war so fertig – es hätte nicht viel gefehlt, und ich hätte ihm die ganze Geschichte erzählt. Meinetwegen hätte er dann die Polizei alarmieren können, das wäre mir egal gewesen. Aber ich hab mich dann doch nicht getraut. Leider.

Stattdessen schleppte ich die Einkaufstüten

zum Zaun hinter dem Kinderspielplatz, hob sie hinüber, kletterte hinterher und befand mich kurze Zeit später wieder auf dem Feld. Die Sonne war inzwischen hinter dunklen Wolken verschwunden, der auffrischende Wind trieb mir Eisnadeln ins Gesicht. Schon nach wenigen Schritten wogen die beiden Einkaufstüten Tonnen, ich kam nur noch im Schneckentempo vorwärts. Schließlich setzte ich mich in den Schnee und packte eine Flasche Cola und zwei belegte Brötchen aus. Nachdem ich gegessen und getrunken hatte, war mir sterbensübel.

Sie wundern sich über mich. Kann ich mir denken. Da lese ich in der Zeitung, dass bei dem Überfall eine alte Frau gestorben ist. Und da hab ich nichts Besseres zu tun, als erst mal gut zu essen. Da hab ich mit meinen Eltern telefoniert, die am Ende sind, die sich wahnsinnige Sorgen um mich machen. Und ich? Ich achte darauf, wie das Wetter ist und wie sich der Wind anfühlt. Natürlich hab ich geheult, wenigstens das spricht für mich, oder? Aber sind Tränen allein eine angemessene Reaktion auf solch eine fürchterliche Nachricht?

Wahrscheinlich kann mich niemand verstehen, der so was noch nicht erlebt hat. Mein Kopf war derart voll, dass er sich abschaltete.

Von einem Moment zum anderen. Ich existierte nur noch vom Hals an abwärts. In meiner Haut, die immer kälter wurde. In meinen Beinen, die automatisch Schritt vor Schritt setzten. In meinem Bauch, der keine Ruhe gab. In meiner Brust, die bei jedem Atemzug schmerzte. Ich hatte genug damit zu tun, die schweren Einkaufstüten über dieses verfluchte Schneefeld zu schleppen. Da war für nichts anderes Platz. Verstehen Sie? Vielleicht geht es Schiffbrüchigen ähnlich. Oder Bergsteigern, die von einem Wetterumschwung überrascht werden. Ich bin kein gefühlloses Monster, das stimmt einfach nicht, auch wenn man das nach dem, was geschehen ist, denken könnte. Wegen der alten Frau tut es mir so leid, ich kann Ihnen gar nicht sagen, wie sehr. Noch einmal: Ich wollte das alles nicht. Und Jurij auch nicht. Das ist die Wahrheit.

8.

Kaum war ich im Wald, fing es wieder an zu schneien. Zuerst schwach, dann immer stärker. Wenn es sonst Anfang November Schnee gegeben hatte, war er höchstens für ein paar Stunden liegen geblieben. Jetzt schien er für die nächsten Wochen alles unter sich begraben zu wollen. Kein Mensch begegnete mir, die wenigen Vogelstimmen, die ich auf dem Hinweg gehört hatte, waren verstummt. Jedes Geräusch verschwand unter der dicker werdenden weißen Decke. Ich fühlte mich wie auf einem Planeten, der kalt und verloren durch den Weltraum kreist.

Wenn ich mich jetzt in den Schnee gelegt hätte, um auszuruhen, wäre ich wahrscheinlich eingeschlafen. Und erfroren. Ohne Schmerzen, ohne den Tod zu spüren. Sterben – wäre das nicht die Lösung gewesen? Eine alte Frau war tot. Jurij wartete mit seinem verletzten Knie auf mich. Tom hatte gezeigt, wie unberechenbar er war. Und die Polizei suchte nach der angeblichen Fahrradbande, überall kannten sie unsere Gesichter. Innerhalb eines Tages waren wir zu Verbrechern geworden, die man wegschließen, vor denen man anständige Leute schützen musste.

Schließlich erreichte ich die Lichtung, auf der das Ausflugslokal stand. Ich spürte meine Finger nicht mehr, die Griffe der Einkaufstüten hatten trotz der Handschuhe tiefe Rillen in die Innenflächen meiner Hände geschnitten.

Ich schaute zu dem verfallenen Gebäude hinüber. Auf dem Dach lag der Schnee inzwischen mindestens einen halben Meter hoch. Die zugenagelten Fenster starrten wie die Augen eines Blinden an mir vorbei ins Leere. Ich hatte ein mulmiges Gefühl. Es war, als wartete dort drinnen etwas auf mich, das noch schlimmer war als alles, was ich bisher erlebt hatte.

Als ich durch die Küchentür ins Haus trat, war es still.

»Ich bin wieder da!«, rief ich. Meine Stimme verlor sich in den Sälen und Kammern, die an die Küche grenzten.

Nach einer Weile hörte ich Schritte. Unwillkürlich wich ich zur Tür zurück. Dann kam

Tom in den Raum. Sein Gesicht war kreidebleich, in seinen Augen war ein Ausdruck, der mich frösteln ließ. Sein Pullover war am Bauch völlig verschmutzt.

»Na endlich«, sagte er. Seine Stimme klang so wie immer. »Ich bin vor Hunger fast gestorben.«

Er kam auf mich zu und streckte die Hand nach den Einkaufstüten aus. Ich wich noch weiter zurück, fiel fast über die Türschwelle.

»Was ist los, Lina? Du, ich hab Hunger!«

Ich reichte ihm eine der beiden Tüten. Er riss die Packungen mit den belegten Brötchen auf und begann, gierig zu essen.

»Lass Jurij was übrig«, sagte ich.

»Der ist weg«, sagte Tom mit vollem Mund.

»Weg?«

Tom nahm einen großen Schluck Cola. »Abgehauen«, sagte er.

»Aber er konnte doch gar nicht laufen!«, rief ich.

»Nicht laufen?« Tom lachte. Das heißt, er versuchte es. Aber es klang eher wie das Bellen eines Hundes. »Wie ein Wiesel ist er gerannt«, sagte er.

Hier stimmte was nicht. Ich hatte genau gesehen, wie Jurij mit dem Rad gestürzt war. Niemand hätte einen Tag nach solch einem Sturz wieder rennen können.

Ich setzte mich Tom gegenüber auf den Boden. Trotz des Abstandes zwischen uns roch ich Schweiß und ungeputzte Zähne. Wenn ich es im Halbdunkel richtig erkennen konnte, waren die großen Flecken auf seinem Pullover kein Dreck. Nein, das musste Blut sein.

Tom legte das erst halb aufgegessene Brötchen neben sich auf den Boden.

»Ich dachte, du hast Hunger«, sagte ich.

»Die Dinger schmecken nicht«, sagte er.

Das stimmte nicht. Auch wenn mir hinterher schlecht geworden war, hatte ich nie bessere Brötchen gegessen. »Was ist passiert?«, fragte ich.

Tom reagierte nicht.

»Was ist passiert?«, wiederholte ich.

Jetzt schaute mich Tom an. »Er wollte an das Geld«, murmelte er.

»An das Geld?«

Er nickte. »Jurij hat gedacht, ich schlafe. Da hat er versucht, mir das Geld wegzunehmen.«

»Und dann?«

»Wir haben uns geprügelt.«

»Und weiter?«

»Als ich mit Jurij fertig war, hab ich ihm gesagt, dass er keinen Cent kriegt.«

»Wo ist er hin?«, wollte ich wissen.

Tom zuckte die Schultern. »Zur Straße.«

»Meinst du, er alarmiert die Polizei?«

»Quatsch«, antwortete Tom. »Der haut sich doch nicht selbst in die Pfanne.« Er schob mir die Tüte zu. »Iss was«, forderte er mich auf.

»Hab schon«, sagte ich. Dann reichte ich ihm die Zeitung. »Die alte Frau ist tot.«

»Fahrradbande«, sagte Tom, als er mit Lesen fertig war. »Die haben sie ja nicht alle.«

»Die Frau ist tot«, wiederholte ich.

»Was kann ich dafür?«, rief Tom. »Hier steht, sie war achtundsiebzig!«

»Du hast sie zu Tode erschreckt. Macht dir das gar nichts aus?«

Statt auf meine Frage zu antworten, stand Tom auf. Ich konnte deutlich sehen, wie er dabei sein Gesicht verzog.

»Tut dir was weh?«, fragte ich.

Er schüttelte den Kopf. Langsam ging er hinüber in die Kammer, in der wir geschlafen hatten. Ich lief hinter ihm her. In dem Raum roch es irgendwie verbrannt.

»Wieso steht in der Zeitung, dass du den Kassierer mit der Pistole bedroht hast?«, fragte ich. »Wir hatten unsere Waffen doch gar nicht mitgenommen.«

Tom ließ sich schwer auf die Vorhänge fallen, die den Boden der Kammer bedeckten. »Der Typ lügt«, sagte er leise. »Der kann nicht zugeben, dass er mir die Scheine freiwillig gegeben hat. Die Bank ist schon zweimal überfallen worden, stand in der Zeitung. Wahrscheinlich hat der alte Knacker die Nerven verloren.«

»Und was ist mit den anderen?«, fragte ich weiter. »Wie können die behaupten, dass du sie bedroht hast?«

»Du bist vielleicht naiv!« Tom lachte verächtlich. »Die stecken alle unter einer Decke.«

Es konnte so sein, wie er sagte. Aber vielleicht hatte Tom seine Wasserpistole ja doch in die Bank mitgenommen. Und er hatte sie gezogen, als er glaubte, er wäre allein im Kassenraum. Er hatte einfach den günstigen Moment für einen echten Überfall nutzen wollen.

Tom schraubte die Wodkaflasche auf und nahm einen tiefen Schluck. »Du auch?«, fragte er.

Ich sagte nichts, sondern machte mich auf die Suche nach einer Waschgelegenheit. In einer der völlig verschmutzten Toiletten fand ich einen tropfenden Wasserhahn. An der Wand hingen die Überreste eines Spiegels. Ich wusch mir, soweit das möglich war, das Gesicht, putzte mir die Zähne und kämmte mich. Meine Haare brauchten dringend ein Shampoo. Aber was aus dem Hahn tröpfelte, reichte dafür nicht aus. Obwohl ich mich nach dem Waschen eindeutig besser fühlte, blieb die Angst. Ich steckte in einem tiefen schwarzen Loch und rutschte immer tiefer hinein. Hier war etwas passiert. Ich musste unbedingt wissen was.

Als ich in die Kammer zurückkehrte, war Tom verschwunden. Die Wodkaflasche stand halb ausgetrunken auf dem Boden, daneben lag das angebissene Brötchen. Ich setzte mich unter das Fenster, zog einen Vorhang über mich und schloss die Augen.

Wo mochte Jurij jetzt sein? Hatte die Polizei ihn schon erwischt? Warum hatte er mir nicht gesagt, was er vorhatte? Warum hatte er mich mit Tom allein gelassen?

Jurij war intelligent. Eigentlich gehörte er aufs Gymnasium, in unserer Klasse steckte er jeden in die Tasche. Aber er hatte keine Lust auf Latein und Mathematik. »Was soll ich damit, ich werde sowieso Automechaniker«, sagte er, wenn ihn einer darauf ansprach. Seine Eltern waren in Kasachstan Lehrer bei der Armee gewesen. Keine Ahnung, was sie da unterrichtet hatten. Jetzt arbeitete seine Mutter als Putzfrau, und der Vater saß zu Hause. Irgendwann hatte er mal eine Stelle in einem Getränkemarkt gefunden. Dann hatte er sich schon am zweiten Tag den Arm ausgerenkt und hatte die schwere Arbeit nicht mehr machen können. Normalerweise war er ein netter Mensch, wirklich. Als ich früher noch öfter bei ihnen zu Besuch gewesen war, hatte er mich wie seine Tochter behandelt.

Und jetzt war Jurij weg. War mit seinem kaputten Knie in den Schnee hinaus. Humpelte irgendwo da draußen herum. Wusste vielleicht immer noch nicht, wo wir bei unserer Flucht gelandet waren. Und hatte mit Sicherheit keine Vorstellung, wo er hinsollte.

Tom hatte ihm von sich aus sechzehntauend Euro angeboten. Wäre er wirklich nur auf das Geld aus gewesen, hätte Jurij die Scheine bestimmt genommen. Damit wäre er ganz schön lange ausgekommen. Hatte er wirklich alles für sich allein haben wollen? Hatte ich mich so in ihm getäuscht? Außerdem verstand ich die Sache mit dem Kampf nicht. Jurij wusste genau, dass Tom viel stärker war als er, dass er gegen ihn nicht die geringste Chance hatte. Warum hatte er es darauf ankommen lassen?

Obwohl mir der Kopf brummte, schlief ich ein. Als ich aufwachte, lag ich auf der Seite, über mir einen Haufen Vorhänge. In einer Ecke der Kammer saß Tom und starrte mich an.

»Wie spät ist es?«, fragte ich. Meine Stimme klang kratzig wie nach einer schweren Erkältung.

Tom zog den Ärmel seines Pullovers hoch und

schaute auf seine Armbanduhr. »Kurz vor vier«, antwortete er. »Du hast fünf Stunden geschlafen.«

Fünf Stunden? Mir war es wie ein kurzer Mittagsschlaf vorgekommen. Ich setzte mich auf und warf die Vorhänge neben mich. Tom musste mich damit zugedeckt haben. Manchmal überraschte er mich. Das war schon immer so gewesen.

»Und was hast du gemacht?«, fragte ich.

Er zuckte die Schultern. Sein Gesicht sah schrecklich aus, unter den Augen hatte er tiefe Ringe. Im nachlassenden Licht, das durch die Tür in den Raum fiel, erinnerte nichts mehr an den Tom, den ich mal gekannt hatte.

»Ich hab dir eine Zahnbürste mitgebracht«, sagte ich.

Er nickte. »Hab ich gesehen«, sagte er.

»Für Jurij ist auch eine dabei«, sagte ich.

»Mhm«, machte Tom.

»Wo er jetzt wohl ist?«

»Keine Ahnung.« Tom schob sich ein Stück an der Wand hoch und stöhnte.

»Hast du Schmerzen?«, fragte ich.

»Halb so wild«, antwortete er.

»Darf ich mal sehen?«, fragte ich weiter.

»Nein.«

»Warum nicht?«

»Lass mich in Ruhe.«

In diesem Moment wusste ich, dass Jurij nicht abgehauen war. Vielleicht war es die Art, wie Tom mit mir redete. Vielleicht war es sein Blick, der irgendwie leer war. Leer und gleichgültig. Die beiden hatten miteinander gekämpft. Tom hatte Jurij besiegt. So weit glaubte ich ihm. Aber dann? Was war dann geschehen?

Tom durchbrach das Schweigen. »Morgen hauen wir ab«, sagte er. »Gleich morgen früh.«

»Wohin?«

»Nach Australien. Da ist es jetzt warm.«

»Du spinnst ja«, sagte ich.

Tom schien meine Bemerkung nicht gehört zu haben. Er schloss die Augen und begann, mit undeutlicher Stimme von Australien zu erzählen. Wie schön es dort im Sommer sei, wie freundlich die Menschen. Dass man sich beim Baden im Meer vor Haien in Acht nehmen müsse. Dass wir auf einer Farm wohnen würden mit Nachbarn, die so weit entfernt lebten, dass sie am Sonntagnachmittag mit dem Flugzeug zu Besuch kämen.

Viel wusste er nicht von Australien. Aber einiges schien er aufgeschnappt zu haben, von Jurij vielleicht. So hatte ich Tom jedenfalls nie erlebt. Es war, als erzähle er sich die Geschichten selbst, als habe er mich völlig vergessen.

»Willst du was trinken?«, fragte ich, als er schwieg. Es war dunkel geworden, sein Gesicht war kaum noch zu erkennen.

Er nickte.

Ich kroch zu den Einkaufstüten und brachte ihm eine Flasche Cola. Während er zu trinken begann, befühlte ich seine Stirn. Sie war glühend heiß. »Du hast Fieber«, sagte ich. »Du musst zum Arzt.«

»Quatsch.« Er packte meinen Arm und zog mich an sich. Sein Atem roch nach Schnaps. »Kein Arzt«, sagte er. »Kapiert?«

Ich versuchte, mich loszumachen. Er hielt mich fest. Kraft hatte er, immer noch. Obwohl er jetzt gegen einen gezielten Karateschlag keine Chance gehabt hätte.

»Du tust mir weh«, sagte ich.

Endlich lockerte er den Griff um meinen Arm, und ich kroch zu meinem Platz zurück.

9.

In den nächsten Stunden saßen wir uns nur stumm gegenüber, sagten nichts, bewegten uns kaum. Tom und ich waren wie aus der Welt gefallen. Wir schwebten durch einen dunklen Raum. In einer großen schwarzen Luftblase, die jeden Augenblick zu platzen drohte.

Ich holte eine Kerze und zündete sie an. Ihr Schein warf flackernde Schatten an die Wände. Tom saß mit halb geöffneten Lidern da und atmete schwer.

»Es ist vorbei«, sagte ich in die Stille hinein.

Er reagierte nicht.

»Wir sind am Ende, Tom«, fuhr ich fort. »Sieh das doch ein.«

Er reagierte noch immer nicht.

»Wir haben das Spiel verloren.«

Jetzt öffnete er die Augen. »Halt die Klappe, Lina.«

»Was hast du mit Jurij gemacht?«, wollte ich wissen.

»Er ist abgehauen«, murmelte Tom.

»Ist er nicht.«

»Woher willst du das wissen?«

»Du hast ihn umgebracht.«

»Du bist ja verrückt!«

»Als ich geschlafen hab, hast du seine Leiche fortgeschafft«, sagte ich.

»Und wenn es so gewesen wäre?«, fragte Tom lauernd.

Statt ihm zu antworten, stand ich auf. »Ich gehe«, sagte ich. »Ich stelle mich.«

Tom schob sich an der Wand hoch. »Du bleibst hier«, murmelte er.

»Du kannst mich nicht zwingen«, sagte ich ruhig und stellte mich in Position. Sollte er mich angreifen, würde ich ihn mit einem Tritt gegen den Solarplexus außer Gefecht setzen. Aber wahrscheinlich würde das nicht nötig sein. Tom sah nicht so aus, als könne er einen Kampf auch nur eine Minute durchstehen.

Mein Entschluss stand fest. Ich wollte nicht mehr. In diesem Augenblick war mir egal, was mit mir passierte. Sollten sie mich doch vor Gericht stellen. Sollten sie mich doch einsperren. Hauptsache, ich kam aus dieser Höhle heraus,

aus diesem verfallenen Haus, in dem es nach Tod und Verwesung stank.

»Ach?«, sagte Tom ironisch und griff in die Tasche seiner Steppjacke. Wollte er mir Geld geben, damit ich bei ihm blieb? Glaubte er wirklich, er könnte mich damit kaufen? Ein kalter Windstoß fuhr durch den Raum. Er jagte mir eine Gänsehaut über den Rücken und brachte die Kerze auf dem Boden fast zum Erlöschen.

Als sich die Flamme wieder beruhigt hatte, blickte ich auf einmal in die Mündung einer Pistole, die Tom auf mich gerichtet hielt. Die Waffe glänzte metallisch. Er hatte also doch eine unserer präparierten Wasserpistolen mit in die Sparkasse genommen. Der Kassierer hatte nicht gelogen, Tom hatte ihn und die anderen Angestellten bedroht. Jurij und ich hatten das von draußen nur nicht sehen können.

»Idiot«, sagte ich und wandte mich zur Tür.

»Setz dich«, befahl Tom.

»Idiot!«, wiederholte ich. »Meinst du, ich hab vor einer Wasserpistole Angst?«

Mit einem Satz war er neben mir. Plötzlich schien er keine Schmerzen mehr zu haben. »Das ist keine Wasserpistole«, sagte er.

»Ach nee!«

Tom hob die Waffe mit einer raschen Bewegung über den Kopf und drückte ab. Es gab einen Blitz und fast gleichzeitig einen ohrenbetäubenden Knall. Mir platzte fast das Trommelfell. Kalk rieselte von der Zimmerdecke.

»Und was war das?«, fragte Tom.

Vor meinen Augen tanzten rote Kreise. Ein stechender Brandgeruch drang mir in die Nase. Er kam mir bekannt vor. Hatte es nicht genauso gerochen, als ich von der Raststätte zurückgekommen war?

»Du bist verrückt«, murmelte ich.

»Setz dich«, sagte Tom. »Setz dich endlich hin.«

Ich tat es. Er schleppte sich zu seinem Platz und lehnte sich mit schmerzverzerrtem Gesicht an die Wand. Die Pistole behielt er in der Hand.

»Du hast die Leute in der Bank mit dem Ding da bedroht«, sagte ich.

Tom schüttelte den Kopf. »Hab ich nicht. Der Typ hat mir die Scheine freiwillig gegeben. Ich schwör's!«

»Wieso hast du die Pistole überhaupt mitgenommen?«, fragte ich. »Es war doch bloß ein Spiel! Und wo hast du die Waffe her?«

Auf die letzte Frage ging er nicht ein. »Ich wollte mich verteidigen können«, sagte er nur.

»Verteidigen?«

»Im Notfall, weißt du.«

Er war also von Anfang an davon ausgegangen, dass es ein echter Banküberfall werden könnte, ging es mir durch den Kopf.

»Du hast uns mit reingerissen, Jurij und mich«, sagte ich.

Er zuckte die Schultern. »Wenn mir der Typ an der Kasse nicht die Scheine gegeben hätte, wäre gar nichts passiert. Ich wäre rausgegangen und fertig.« Er wischte sich über die Augen. »Wir hätten das Geld in der Hütte teilen sollen und uns trennen«, murmelte er. »Dann hätten es die Bullen schwer, uns zu kriegen.«

»Geld! Geld!«, schrie ich ihn an. »Immer redest du nur von dem Geld! Das können wir uns sonst wohin stecken, kapier das doch endlich! Wir sitzen hier fest, in diesem Rattenloch. Jeder Polizist kennt unsere Gesichter. Und du quatschst immer noch von dem Geld!«

Während ich redete, war Tom in sich zusammengesunken. Der Fleck auf seinem Pullover schien größer geworden zu sein.

»Was ist mit Jurij?«, rief ich. »Los, sag es mir!«

Er öffnete die Augen. »Du hasst mich«, sagte er.

»Ich weiß nicht. Was hast du mit Jurij gemacht?«

»Jedenfalls magst du mich nicht mehr«, sagte er.

»Nein.«

»Wir hatten eine gute Zeit«, sagte er.

»Was ist mit Jurij?«, rief ich. Die Kerze war fast heruntergebrannt, nur Toms Umrisse waren noch zu erkennen.

»Er ist tot.«

Tot? Jurij tot? Bei dem Gedanken brach in mir etwas zusammen, es war ein Gefühl, als fiele ich in einen eiskalten See, als setzte neben meinem Atem auch mein Verstand aus. Das Herz schlug mir bis zum Hals. Ohne eigentlich zu wissen, was ich tat, stürzte ich mich auf Tom und schlug ihn mit aller Kraft ins Gesicht. Immer und immer wieder. Er ließ es geschehen. Er hob nicht einmal die Hände, um sich vor meinen Schlägen zu schützen.

Irgendwann hatte ich genug. Schwer atmend kroch ich zu meinem Platz zurück. »Jurij war mein bester Freund«, sagte ich, nachdem ich wieder zu Atem gekommen war. »Du hast ihn umgebracht. Was bist du doch für ein verdammtes Schwein, Tom!«

Er schüttelte den Kopf. »Es war ein Unfall. Ich wollte das nicht«, sagte er leise.

Eine Zeit lang schwiegen wir. Ich konnte nichts sagen, der Schock saß zu tief. Ich hätte nicht weggehen, hätte die beiden nicht allein lassen dürfen. Wäre ich bei ihnen geblieben, wäre Jurij jetzt noch am Leben.

Irgendwann begann Tom zu sprechen. Als ich zur Raststätte gegangen war, habe es zwischen ihm und Jurij Streit gegeben, erzählte er. Jurij habe ihn beschimpft, habe ihn Dummkopf genannt und Versager. Dann habe er von mir angefangen, habe Tom beschuldigt, er habe mich ihm ausgespannt. Er liebe mich wirklich, Tom sei bloß ein brutaler Schläger und geiler Bock. Tom wisse gar nicht, was Liebe sei.

»Da bin ich durchgedreht, hab voll neben mir gestanden«, murmelte Tom und veränderte stöhnend seine Sitzposition. »Ich hab die Pistole rausgeholt und ihm gesagt, er soll endlich die Schnauze halten.«

Als Jurij die Waffe gesehen habe, sei er total wütend geworden. Trotz seines verletzten Knies habe er sich auf ihn geworfen. Er habe keine Ahnung, sagte Tom, ob Jurij gewusst habe, dass es eine echte Pistole war. Jedenfalls hätten sie miteinander gerungen, Jurij hätte plötzlich unheimliche Kräfte entwickelt. Und da hätten sich zwei Schüsse gelöst. Die Pistole müsse entsichert gewesen sein, er wisse nicht, wie das habe passieren können.

»Zwei Schüsse?«, fragte ich erstaunt.

Tom nickte. »Einer traf Jurij. Genau ins Herz.«

»Und der andere?«

Wortlos zog Tom seinen Pullover hoch. Sein T-Shirt war zerfetzt, Blut sickerte aus einer klaffenden Wunde.

Mir wurde schlecht, die Kammer drehte sich vor meinen Augen. Ohne an Tom und seine Pistole zu denken, rannte ich aus dem Haus. Im Schnee vor der Küche übergab ich mich, würgte, bis nur noch bittere Spucke kam. Es war ein Albtraum. Nein, es war schlimmer. Aus Albträumen wacht man irgendwann auf. Dieser würde bleiben. Für immer.

Ich wischte mir den Mund mit Schnee ab und ging zurück zu Tom. Draußen war es jetzt stockfinster. Selbst wenn ich gewollt hätte – ich hätte nicht abhauen können. Ich musste bis zum Morgen warten und hoffen, dass Tom nicht durchdrehte. Vielleicht gelang es mir sogar, ihm die Pistole abzunehmen. Schließlich musste er mal schlafen.

»Wo hast du Jurij hingebracht?«, fragte ich, als ich in die Kammer zurückkam.

Er zuckte die Schultern. Die Hand mit der geladenen Pistole lag schlaff in seinem Schoß.

»Bitte, Tom«, sagte ich. »Wo hast du ihn hingebracht?«

Ich hatte vor unserer Flucht noch nie einen Toten gesehen. Solange ich denken kann, hatte ich Angst davor gehabt. Nicht einmal meine

Oma hatte ich angucken wollen, nachdem sie gestorben war. Dabei war ich in den Sommerferien oft bei ihr gewesen und hatte sie sehr gemocht. Aber Jurij musste ich sehen. Kann sein, dass ich hoffte, er lebte noch. Ja, das wird es gewesen sein.

»Du bleibst hier«, sagte Tom und zielte mit der Waffe auf mich.

»Und wenn ich es nicht tue?«

»Bleib sitzen oder ich erschieße dich.«

»Du traust dich nicht.«

»Und danach erschieße ich mich.«

Ich schaute ihm ins Gesicht und wusste, dass er es ernst meinte. Todernst.

»Wir können zusammen zu Jurij gehen«, schlug ich vor.

Tom schüttelte den Kopf.

Er war gefährlich, das verstand ich jetzt. Wie ein verletztes Raubtier war er zu allem fähig. Ich musste mich vorsehen, durfte ihn nicht reizen.

»Du brauchst einen Arzt«, sagte ich. »Sonst kriegst du noch Wundbrand oder wie das heißt.«

»Mir egal. Du bleibst hier.«

»An Wundbrand kannst du sterben«, sagte ich.

»Du kennst dich aus, was?«

Die Kerze begann zu flackern, nur eine winzige blaue Flamme klammerte sich noch an den Docht. Ich nahm eine neue Kerze aus der Einkaufstüte und wollte sie anzünden. Doch Tom hinderte mich daran. »Kein Licht«, murmelte er. »Mir tun die Augen weh.«

10.

Wahrscheinlich sitzen Sie gerade in Ihrer Kanzlei, lesen meinen Bericht und denken: Hat Fantasie, die Lina, alle Achtung. Hat sich richtig angestrengt mit ihrer Geschichte. Aber sie sollte einen alten Hasen wie mich nicht für dumm verkaufen, das haben schon ganz andere versucht und es nicht geschafft.

Dabei war es genau so, wie ich es Ihnen beschrieben habe. Natürlich konnte ich nicht überprüfen, ob Tom in allem die Wahrheit sagte. Doch wie er dort in der Kammer vor mir saß, das Gesicht leichenblass, die Hand auf dem Bauch, in dem eine Kugel steckte, hab ich ihm geglaubt. Er war vielleicht ein Schläger. Aber ein Mörder war er nicht. Oder meinen Sie vielleicht, er hätte erst Jurij umgebracht und sich dann in den Bauch geschossen? Ich jedenfalls kann mir das nicht vorstellen. Beim besten Willen nicht.

Wir sprachen nicht mehr. Stundenlang kein Wort. Finster war es im Raum. Von der Stelle, an der Tom saß, hörte ich rasche Atemzüge, dazwischen Stöhnen. Ich hatte Angst. Um mich hatte ich Angst, aber mehr noch um Tom. Dass er die Nacht nicht überlebte, dass unser verfluchtes Spiel das nächste Opfer forderte.

Als ich sicher sein konnte, dass Tom schlief, kroch ich unter den Vorhängen hervor und schlich nach draußen. Ein scharfer Wind fegte ums Haus. Die Kerze und die Streichhölzer, die ich mitgenommen hatte, nützten mir nichts. Der Sturm löschte die Flamme sofort wieder aus.

Der Schnee gab ein wenig Licht. Es reichte aus, um ein paar Meter weit sehen zu können. Systematisch begann ich die Umgebung des Hauses abzusuchen. Schaute in Verschläge, suchte am Waldrand, sah unter umgestürzten Bäumen nach. Von Jurij fand sich keine Spur. Obwohl ich mir nicht vorstellen konnte, dass Tom seine Leiche im Haus versteckt hatte, untersuchte ich auch dort jeden Winkel. Ebenfalls ohne Erfolg.

Ich schlich in die Kammer zurück und rollte mich in die Vorhangstoffe ein. Das Letzte, was ich hörte, war Toms leises Schnarchen. Irgendwie fühlte ich mich dadurch getröstet.

Ich weiß nicht, wie lange ich geschlafen hatte, als ich von einem Geräusch wach wurde. Jemand schlich ums Haus, eine raue Männerstimme war zu hören. Allerdings konnte ich nicht verstehen, was sie rief. Das musste die Polizei sein. Sie hatten uns gefunden, eine andere Erklärung gab es nicht.

»Wach auf!«, flüsterte ich zu Tom hinüber.

Er bewegte lautlos die Lippen und drehte sich zur anderen Seite.

Ich kroch zu ihm und schüttelte ihn an der Schulter. »Da ist die Polizei!«, flüsterte ich.

Er schlief weiter. Seine nackten Arme und die schweißnasse Stirn fühlten sich glühend heiß an. Was sollte ich tun? Rauslaufen? Ihnen sagen, dass Tom schwer verletzt sei und dringend einen Arzt brauche? Und wenn sie auf mich schossen? Wenn sich draußen Scharfschützen versteckt hatten, die nur darauf warteten, dass einer von uns die Nase aus der Tür streckte?

Meine Gedanken wurden vom Knarren der Bohlen in der Küche unterbrochen. Durch den Spalt unter der Tür unserer Kammer kroch ein gelblicher Lichtschein. Auf einmal fühlte ich mich federleicht, in mir war keine Spur mehr von Angst. Gleich würde das, was vor ein paar Wochen in der Hütte im alten Steinbruch als spannendes Spiel begonnen hatte, zu Ende sein.

Aber die Schritte gingen an unserer Tür vorbei, verloren sich in den leeren Sälen des Ausflugslokals, kehrten zurück und blieben genau vor der Kammer stehen. Ich hielt den Atem an, wagte nicht, mich zu rühren. Tom hatte zum Glück aufgehört zu schnarchen.

»Nur Gerümpel«, hörte ich einen Mann sagen.

»Verdammter Mist«, sagte eine hellere Männerstimme. »Nichts für uns dabei. Und dafür schlagen wir uns die Nacht um die Ohren.«

»Anstecken das ganze Gelump«, sagte der erste. »Kanister Benzin drüber und anstecken.«

»Hast recht«, sagte der zweite.

Dann stapften die beiden zur Küche. Wenig später war außer dem Pfeifen des Windes nichts mehr zu hören.

Ich atmete tief durch, versuchte, meinen Puls zu beruhigen. Erst jetzt merkte ich, wie angespannt ich gewesen war. Mein Rücken fühlte sich an wie ein Brett. Das waren bloß Einbrecher gewesen, Kollegen sozusagen.

»Sind sie weg?«, hörte ich Tom flüstern.

»Du bist wach?«

»Ja, die ganze Zeit.«

»Es waren Einbrecher«, sagte ich mit normaler Stimme. »Wie geht's dir?«

»Mir ist kalt.«

Bis auf einen, den ich für mich behielt, deckte ich alle Vorhänge über ihn. Ich fror nicht, komisch. Die Fieberhitze, die Toms Körper ausstrahlte, schien den ganzen Raum zu wärmen. »Besser?«, fragte ich.

»Es ist so dunkel«, sagte er.

Ich zündete eine Kerze an. Meine Finger waren steif, ich verbrauchte mindestens ein Dutzend Streichhölzer, bevor wir Licht hatten. Toms Gesicht war eingefallen wie bei einem alten Mann, die Augen glänzten fiebrig.

»Hast du Durst?«, fragte ich.

Er nickte.

Ich holte die letzte Flasche Cola aus der Einkaufstüte und setzte sie ihm an den Mund. Er trank so gierig, dass er sich verschluckte und einen Hustenanfall bekam. Aus Toms linkem Mundwinkel lief ein dünner Blutfaden heraus und tropfte auf seinen Pullover.

»Du musst ins Krankenhaus«, sagte ich.

Er versuchte zu lächeln. »Ich schaffe das schon«, flüsterte er.

»Gleich morgen früh bringe ich dich zu einem Arzt«, sagte ich.

»Tust du nicht«, erwiderte er. »Wir wollen doch nach Australien. Hast du das vergessen?«

»Gibst du mir die Pistole?«, fragte ich.

»Warum?«

»Ich werfe sie weg. Du brauchst sie nicht mehr. Ich bleib bei dir, bis die Geschichte hier vorbei ist.«

»Wirklich?«

»Versprochen.«

Die Waffe lag neben Tom auf dem Boden. Ohne dass er mich daran hinderte, nahm ich sie und ging nach draußen in den Wald. Da warf ich sie weg, fragen Sie mich nicht, wo genau. Schließlich konnte ich in der Dunkelheit kaum die Hand vor Augen sehen. Die Polizei hätte die Pistole eigentlich schon lange finden müssen. Wahrscheinlich sind meine Fingerabdrücke drauf. Das ist schlecht für mich, hab ich recht?

Zurück in der Kammer, legte ich mich neben Tom. Gleichgültig, was er getan hatte – jetzt brauchte er mich. Und irgendwie brauchte ich auch ihn. Schließlich gab es nur noch uns beide.

»Lina?«, murmelte Tom. »Darf ich in deinen Arm?«

Ich rückte näher zu ihm, und er legte seinen Kopf an meine Schulter. So hatten wir oft in der Hütte gekuschelt, früher, vor unserer Flucht. Allerdings hatte ich immer in Toms Arm gelegen, hatte mich dabei warm gefühlt und sicher.

»Hast du mich mal gemocht?«, fragte Tom in mein Haar hinein.

»Klar.«

»Ich meine, so richtig.«

»Du meinst, ob ich in dich verliebt gewesen bin?«

»Mhm.«

Ich strich ihm die nassen Haare aus der Stirn. »War ich, Tom.«

»Ehrlich?«

»Ehrlich.«

»Das Geld«, sagte Tom.

»Was ist damit?«

»Nimm du es.«

»Ich will es nicht.«

»Ist mir aber lieber, Lina. Sobald ich wieder gesund bin, hauen wir ab. Nach Australien, ja? Wenn ich es nicht schaffe, fliegst du allein«, sagte er. »Versprich mir das. Bitte!«

»In Ordnung.«

Er gab mir das Geld. Ich steckte es in die Taschen meines Anoraks, und er drückte sich tiefer in meinen Arm. Wir waren fast ein Jahr zusammen gewesen und hatten nie miteinander geschlafen. Ich hatte es einfach noch nicht gewollt, ich fühlte mich zu jung. Melanie hatte mich dafür ausgelacht und mich »eiserne Jungfrau« genannt. Dabei hatte sie es erst zwei oder drei Wochen vor der Geschichte in der Bank getan. Mit Kevin aus unserer Parallelklasse war sie nach einer Party ins Bett gegangen. Es sei ein ziemlicher Reinfall gewesen, hatte sie mir hinterher erzählt.

Tom war zu schüchtern gewesen, um mich zu drängen. Aber jetzt hätte ich gern mit ihm geschlafen. Mit dem Jungen, der Jurij erschossen, der mich ein paar Stunden zuvor mit der Pistole bedroht hatte. Ganz schön verrückt, finden Sie nicht? Vielleicht sollte ich Ihnen das gar nicht erzählen. Aber Sie wollten was über mich wissen. Wie ich denke und so. Dazu gehört das auch. Dass ich in diesem Augenblick so nah mit Tom zusammen war wie noch nie.

Er lag in meinem Arm und schnarchte leise. In nichts ähnelte er mehr dem Jungen, dem sie in der Schule lieber aus dem Weg gingen, wenn er wütend wurde. Vielleicht war es das, was mich in dieser Nacht anzog. Dass er groß war – und klein. Dass ich keine Angst hatte, dass er mir wehtat. Vielleicht lag es aber auch daran, dass wir beide so allein auf diesem schwarzen Stern waren. Ich musste ihn durch die Nacht bringen. Er durfte nicht auch noch sterben.

11.

Ich wachte von einer Bewegung auf. Tom hatte sich wohl gerade erst aus meinem Arm gerollt, das musste mich geweckt haben. Jetzt riss er sich die Decken herunter. Der Fleck auf seinem Pullover war, soweit ich das erkennen konnte, nicht größer geworden. Ich stand auf und deckte Tom wieder zu. Er wehrte sich, hatte aber kaum Kraft, mir Widerstand zu leisten. Eine Weile lag er ruhig, atmete flach, dann begann das Spiel von Neuem.

»Wenn du nicht zugedeckt bleibst, erfrierst du«, schimpfte ich ihn aus.

»Mir ist heiß«, murmelte er.

»Trotzdem«, sagte ich. Wir hatten alle unsere Trinkvorräte verbraucht. Ich ging nach draußen, holte Schnee und legte ihn auf Toms Lippen. Gierig schluckte er die kalte Flüssigkeit herunter.

»Mehr!«, flüsterte er.

Ich tat ihm den Gefallen. Die Schneedecke war über Nacht weiter gewachsen, fester nasser Schnee, der schon die ersten Zweige von den Bäumen am Rand der Lichtung hatte brechen lassen. Auf der weißen Fläche hinterm Haus waren Tierspuren zu sehen und Fußabdrücke, die von einem sehr großen Menschen stammen mussten. Sie liefen vom Wald zum Vorbau des Ausflugslokals und wieder zurück. Im Augenblick schneite es stark, die Spuren konnten noch nicht alt sein. Und wir hatten gedacht, hierher verirrte sich keine Menschenseele.

Ob dieser Unbekannte bemerkt hatte, dass wir im Lokal waren? Ob er uns vielleicht sogar beobachtet hatte, während wir schliefen? Ob er jetzt die Polizei alarmierte? Wie gleichgültig mir das alles war. Hauptsache, Tom kam bald ins Krankenhaus.

Als ich mit einer neuen Portion Schnee zu ihm zurückkehrte, blickte er mir mit vor Schreck weit aufgerissenen Augen entgegen. »Wo ist Jurij?«, fragte er.

»Das weißt du doch.«

»Ist er abgehauen?«

Ich tupfte ihm mit dem Ärmel den Schweiß von der Stirn. »Jurij ist tot«, sagte ich.

»Tot?«

»Ihr habt euch geschlagen, und dabei hast du ihn erschossen.«

»Aber . . .« Tom zeigte aufgeregt zur Tür. »Aber ich hab ihn gerade gesehen. Gleich da vorn stand er!«

Tom fantasierte. Bestimmt war sein Fieber inzwischen auf über vierzig geklettert. Und bestimmt hatte er auch schon diesen Wundbrand, in seiner Nähe roch es ganz komisch. Ich musste sofort was tun, sonst überlebte er diesen Tag nicht.

»Ich hole einen Arzt«, sagte ich.

»Nein!!«, rief Tom. »Bleib hier! Was ist, wenn Jurij zurückkommt? Lina, ich hab Angst!«

»Jurij ist tot«, wiederholte ich.

Auf einmal begann Tom zu weinen. Ich hatte ihn noch nie weinen sehen, dazu wäre er früher viel zu stolz gewesen. Jetzt schluchzte er wie ein kleines Kind, konnte sich nicht beruhigen. Ich kniete mich neben ihn, streichelte ihn, redete auf ihn ein. Es nützte nichts. Die Tränen liefen ihm unaufhörlich über die mit schwarzen Stoppeln bedeckten Backen.

Schließlich stand ich auf. »Ich muss gehen«, sagte ich. »Sollst sehen, im Krankenhaus können Sie dir bestimmt helfen.«

Damit lief ich hinaus. Eine Zeit lang hörte ich Tom noch meinen Namen rufen, dann war es still. Dann war um mich herum nichts als graues Morgenlicht.

Auf der Bundesstraße lag eine dicke Schicht fest gefahrener Schnee. Bald überholten mich ein Räumfahrzeug und in seinem Schlepptau ein Streuwagen. Das nadelspitze Granulat, das er auswarf, traf mich im Gesicht. Einer der Fahrer kurbelte die Scheibe herunter und rief mir lachend etwas zu. Der Wind riss ihm die Worte vom Mund.

An einer Haltebucht für Linienbusse blieb ich stehen. Ich trage nie eine Uhr, deshalb wusste ich nicht, wie spät es war. Aber es war sicher noch vor sechs. Der erste Bus fuhr laut Fahrplan um halb sieben. Bis dahin war ich hier fest gefroren. Wenigstens schützte mich der Unterstand ein wenig. Um mich warm zu halten, hüpfte ich von einem Bein aufs andere.

Dann hielt ein Auto, es war irgendein Kombi. Eine Ladung Schnee rutschte langsam vom Dach über die Windschutzscheibe. Am Steuer saß eine Frau. Sie trug eine bunte Mütze mit Ohrenklappen und einen ebenso bunten Schal.

»Wohin willst du?«, rief sie, nachdem sie mit einiger Mühe das Beifahrerfenster heruntergekurbelt hatte.

»In den nächsten Ort.«

Sie schaute auf ihre Armbanduhr. »Der Bus

kommt erst in einer knappen Stunde«, sagte sie. »Bis dahin bist du erfroren. Los, steig ein!«

Im Auto war es mollig warm, schon nach wenigen Minuten fühlte ich mich wie neugeboren. Die Frau fuhr ziemlich unvorsichtig, ein paar Mal kamen wir ins Schleudern. Aber jedes Mal fing sie den Wagen wieder ab. Ihr schien das Spaß zu machen, sie strahlte, wenn wir quer zur Fahrtrichtung durch eine Kurve rutschten.

»Du bist früh unterwegs«, sagte sie irgendwann. An einer Steigung hingen wir hinter einem Lastwagen fest, der höchstens dreißig fuhr.

»Wie viel Uhr ist es denn?«, fragte ich.

»Kurz nach halb sechs«, antwortete die Frau. »Du bist nicht von hier, oder?«

»Wieso?«, fragte ich erstaunt.

Die Frau ging auf meine Frage nicht ein. Stattdessen wollte sie wissen, wo sie mich hinbringen solle. Sie habe Zeit. Sie müsse erst um acht am Flughafen sein. Ihr Mann komme von einer Geschäftsreise zurück.

»Ich muss zu einem Arzt«, sagte ich.

»Zu einem Arzt? Da wirst du im nächsten Ort kein Glück haben.«

»Und wo finde ich einen?«

»Wir müssen noch ein paar Kilometer weiterfahren«, antwortete die Frau. »Wenn du willst, bringe ich dich hin.«

»Oh ja, bitte!«

Ich mochte diese Frau. Sie schien schon ziemlich alt zu sein, unter ihrer Kappe guckten weiße Haare hervor. Aber ihr rundes Gesicht war glatt und freundlich. Wie bei meiner Oma. Schon als kleines Kind hab ich sie gern geküsst. Da hatte ich immer das Gefühl, ich legte meine Lippen auf einen dicken Apfel.

Die Frau am Steuer wollte nichts weiter von mir wissen. Dabei hätte sie allen Grund gehabt, neugierig zu sein. Sie fragte nicht, woher ich kam und warum ich meine Kapuze nicht absetzte. Sie fragte nicht, was ich beim Arzt wolle. Sie interessierte sich nicht für meine dreckigen Klamotten und für meine ungewaschenen Haare. Wahrscheinlich roch ich inzwischen auch ziemlich streng. Sie fuhr bloß viel zu schnell über die glatten Straßen, lachte laut, sobald der Wagen mal wieder ins Rutschen kam, und stieß mich mit dem Ellenbogen an, als sich auf einer Lichtung ein Reh zeigte. Meinetwegen hätte ich ruhig noch ein paar Stunden in diesem Auto sitzen können. Aber Tom brauchte Hilfe. Und zwar so schnell wie möglich.

Deshalb war ich froh, als wir endlich vor einer Arztpraxis hielten. Drinnen brannte kein Licht, der Weg zur Haustür war nicht vom Schnee geräumt. *Dr. Klaus Schmidt* stand auf einem Schild neben dem Eingang.

»Soll ich mit reinkommen?«, fragte die Frau.

Ich schüttelte den Kopf. »Vielen Dank für Ihre Hilfe«, sagte ich.

Sie lachte, ein tiefes freundliches Lachen. »Gern geschehen«, sagte sie. Und: »Der Arzt ist in Ordnung. Tschüss, Kleine!«

Ich stieg aus und winkte ihr nach, während sie den Motor aufheulen ließ und um die nächste Kurve schlingerte. Dann war ich wieder allein.

Ich befand mich in einer Seitenstraße, rechts und links standen Reihenhäuser und zweigeschossige Villen. Im Vergleich zu dem verfallenen Ausflugslokal kam ich mir hier vor wie in einer Filmkulisse. Alles war gepflegt und neu, nirgendwo war eine Dachpfanne heruntergefallen, an keinem der Häuser blätterte der Putz ab. Die Leute hinter den heruntergelassenen Jalousien schliefen tief und hatten keine Ahnung, dass es noch was anderes gab. Eine Welt, die schmutzig war und kaputt, total kaputt.

Auf mein Klingeln tat sich lange nichts. Ich wollte schon ein zweites Mal auf den goldenen Knopf neben dem marmorgefliesten Eingang drücken, da hörte ich Schritte, im Hausflur ging das Licht an. Schließlich drehte sich ein Schlüssel, und die Tür öffnete sich, zunächst nur einen Spaltbreit, dann ganz. Vor mir stand eine junge Frau im Bademantel. Sie war ungeschminkt, die langen schwarzen Haare hatte sie mit einem Band zusammengebunden. Ihrem Gesicht nach zu urteilen, schien sie von meinem Besuch nicht gerade begeistert zu sein.

»Die Praxis macht erst um . . .«, begann sie.

»Meinem Freund geht es sehr schlecht«, unterbrach ich sie. »Er hat hohes Fieber. Bestimmt über vierzig.«

»An einer Grippe stirbt man nicht«, sagte die Frau. »Komm um halb neun wieder.«

Ich rührte mich nicht von der Stelle. »Er hat keine Grippe«, sagte ich. »Es ist was mit seinem Bauch, irgendwas Gefährliches. Bitte, er braucht Hilfe!«

Die Frau zog ihren Bademantel am Hals zusammen und schaute mich prüfend von oben bis unten an. Ich schämte mich für meine dreckige Hose, die fettigen Haare und die Flecken auf dem Anorak. Aber ich konnte es nicht ändern.

»Komm rein«, sagte sie schließlich. »Geh schon mal ins Wartezimmer. Ich sage meinem Mann Bescheid.«

Ich wartete. Die Wärme in dem Raum mit

den geflochtenen Schwingstühlen machte mich schläfrig, immer wieder fielen mir die Augen zu. Sie werden es nicht glauben, ich kam gar nicht auf die Idee, dass die Frau die Polizei rufen könnte und dass ich hier in der Falle saß. Ich war einfach zu müde für solche Gedanken. Auf einem großen Poster neben der Tür war der Ayers Rock bei Sonnenaufgang zu sehen. Der Fels leuchtete in einem wunderbar warmen Rot. Schon wieder Australien – war das Zufall?

Dann öffnete sich die Tür zum Sprechzimmer. Ein Mann in Jeans und kariertem Hemd kam auf mich zu. Seine Haut war gebräunt, im linken Ohrläppchen steckte eine kleiner Edelstein. Der Arzt schien im Alter meines Vaters zu sein.

»Entschuldige, dass ich dich habe warten lassen«, sagte er und gab mir die Hand. »Ich hatte Notdienst, bin gerade erst ins Bett gekommen.«

Er setzte sich an einen leer geräumten großen Schreibtisch, ich hockte mich auf den Stuhl davor.

»Meinem Freund geht es nicht gut«, sagte ich.

»Was hat er?«

»Irgendwas ist mit seinem Bauch«, antwortete ich. »Er spuckt Blut und hat hohes Fieber.«

»Fantasiert er auch?«

»Ein bisschen.«

Der Arzt schaute mich schweigend an. »Warum setzt du die Kapuze nicht ab?«, fragte er.

Ich zuckte mit den Schultern. Was hätte ich ihm antworten sollen? Dass ich nicht erkannt werden wollte? Dass mein Bild inzwischen bestimmt in jeder Polizeiwache hing?

»Also gut«, sagte der Arzt. »Ich komme mit. Wo ist dein Freund?«

»In der Alten Mühle.«

Der Arzt dachte nach. Dann verzog sich sein Gesicht zu einem ungläubigen Staunen. »Ist das nicht das Ausflugslokal an der Bundesstraße?«, fragte er.

Ich nickte.

»Aber . . . ich dachte . . . hm, das ist doch schon lange geschlossen«, sagte er.

»Bitte, helfen Sie uns«, sagte ich. »Ich werde Ihnen alles erklären. Später.«

12.

Dann saßen wir im Auto. Der Arzt hatte eine dicke Felljacke angezogen und eine Kappe mit gefütterten Ohrenschützern aufgesetzt. Hinter sich auf dem Rücksitz stand sein Arztkoffer. Im Wagen roch es nach Medikamenten und einem ziemlich starken Parfüm. Während wir den Ort verließen, schaute er mich immer wieder von der Seite an. Er fuhr vorsichtiger als die freundliche alte Frau, die mich zu ihm gebracht hatte. In den zahlreichen Kurven auf dem Weg zur Alten Mühle nahm er das Tempo stark zurück.

Irgendwann brach er das Schweigen. »Du und dein Freund – ihr seid abgehauen. Stimmt's?«

»Ja.«

»Warum seid ihr von zu Hause weg?«

»Das kann ich Ihnen nicht sagen.«

»Du willst es nicht.«

»Mhm.«

Er griff ins Handschuhfach und reichte mir einen Schokoriegel. »Hier, du hast sicher Hunger.«

Danach sprachen wir nicht mehr. Der Arzt konzentrierte sich auf die nach wie vor schneeglatte Straße und den immer dichter werdenden Verkehr, ich lehnte mich in meinen Sitz zurück und schloss die Augen. Zwei Tage waren seit unserer Flucht aus dem Steinbruch vergangen. Mir kam es vor, als wären wir seit Wochen unterwegs.

Der Arzt stellte seinen Wagen vor dem Hinweisschild zur Alten Mühle ab und stieg aus. Den Rest müssten wir zu Fuß gehen, sagte er. Sein Auto habe keinen Vierradantrieb, hinterher bleibe es noch stecken. Außerdem sei es ja nicht weit. Als Kind sei er mit seinen Eltern sonntagnachmittags oft hier gewesen, er habe diese Spaziergänge gehasst. Seitdem kenne er sich aber im Wald ganz gut aus.

Schweigend stapften wir durch den Schnee. Ich hatte inzwischen Übung darin, der Doktor nicht. Alle paar Meter blieb er stecken und musste sich an mir festhalten, um nicht hinzufallen. Die Äste der Tannen hingen noch tiefer herunter als am frühen Morgen, an freien Stellen türmten sich meterhohe Schneewehen.

Doch es hatte wieder aufgehört zu schneien, am Himmel waren erste blaue Flecken zu sehen. Auch die Kälte und der Wind hatten nachgelassen. Trotzdem behielt ich die Kapuze auf. Der Arzt brauchte nicht zu wissen, wie ich ohne aussah.

Das Haus schaute uns genauso abweisend entgegen wie in dem Moment, als ich von meiner Wanderung zur Raststätte zurückgekehrt war.

»Das sieht hier ja schrecklich aus«, sagte der Doktor und blieb stehen. »Bis vor zehn Jahren war das ein tolles Lokal. Bei gutem Wetter standen die Leute vor dem Eingang Schlange, weißt du. Der letzte Besitzer konnte nicht mit Geld umgehen, der hat den Laden völlig runtergewirtschaftet. Sehr schade.«

Ich fasste den Doktor am Ärmel. »Kommen Sie«, sagte ich und zog ihn vorwärts. Was interessierten mich seine Geschichten, jetzt ging es um Tom.

Der lag in der düsteren Kammer, wie ich ihn verlassen hatte. Seine Augen waren geschlossen, er reagierte auch nicht, als ihn der Arzt mit einer zierlichen Taschenlampe anleuchtete, wie ich sie von Halsuntersuchungen kannte.

»Vorhin hat er noch mit mir gesprochen«, sagte ich.

Der Doktor öffnete wortlos seine Tasche und begann mit der Untersuchung. Puls, Blutdruck, was weiß ich. Schließlich schob er Tom den blutverkrusteten Pullover hoch. Die Schussverletzung schien ihn zu erschrecken. Im Schein der Taschenlampe sah ich, wie er heftig schluckte. Dabei hatte ich bis zu diesem Augenblick angenommen, Ärzte könnte nichts erschüttern.

»Das ist also das Problem mit seinem Bauch«, murmelte er. »Was ist passiert?«

»Jemand hat auf ihn geschossen.«

»Wer?«

Ich schwieg.

»Wann?«

»Gestern.«

»Und da bist du erst heute Morgen zu mir gekommen?«

»Helfen Sie ihm. Bitte!«

Der Arzt holte eine Schere aus seiner Tasche und schnitt vorsichtig das T-Shirt auf. In Höhe des Einschusses war es zerrissen. Der Doktor entfernte den Stoff in einem großen Kreis um die Wunde herum und säuberte sie mit Alkohol. Wenn er mich gebeten hätte, ihm zu helfen, hätte ich es getan. Beim Zusehen spürte ich nicht den geringsten Ekel.

Tom schien von der Arbeit des Arztes nichts

mitzubekommen, er verzog nicht einmal das Gesicht.

»Wie sieht es aus?«, wollte ich wissen.

Der Doktor verband die Wunde, deckte Tom zu und richtete sich auf. »Er muss sofort ins Krankenhaus. Er hat viel Blut verloren.«

»Ich meine, wird er es schaffen?«, fragte ich.

Jetzt holte der Doktor ein Handy aus der Tasche seiner Felljacke und tippte eine Nummer ein. »Doktor Schmidt hier. Schickt bitte einen Rettungswagen in die Alte Mühle. – Wie bitte? – Ja, genau dahin. – Herrgott, ich weiß, dass das Haus nicht mehr bewirtschaftet wird! – Ein Schwerverletzter. – Schusswunde. – In einer halben Stunde? Seid ihr verrückt? – In Ordnung, bis gleich. Sie fahren sofort los«, sagte er zu mir.

»Wird Tom es schaffen?«, wiederholte ich meine Frage. »Bitte, Sie müssen es mir sagen!«

Der Arzt steckte sich eine Zigarette in den Mund. »Du auch eine?«, fragte er.

Ich schüttelte den Kopf.

»Es sieht nicht gut aus«, sagte er dann. »Gar nicht gut. Der Schusskanal ist entzündet. Ob und wie stark innere Organe verletzt sind, müssen sie im Krankenhaus feststellen.«

»Wird er . . .« Ich schluckte. »Wird er sterben?«

»Sterben?« Der Arzt zog die Schultern hoch

und blies den Rauch seiner Zigarette an die Kammerdecke. »Ich hoffe nicht. Wie heißt du eigentlich?«

»Lina.«

»Richtig, Lina. Ihr habt die Bank überfallen. Stimmt's?«

Ich erschrak. Der Mann hatte mich trotz meiner Kapuze erkannt. »Welche Bank?«, fragte ich, so unschuldig ich konnte.

»Ich habe eure Bilder gestern in der Zeitung gesehen. Ihr seid die Fahrradbande. Wo ist eigentlich der Dritte?«, wollte der Doktor wissen. »Dieser Russe?«

»Jurij war kein Russe«, sagte ich wütend. »Er war Deutscher. Wie Sie und ich.«

»War?«

Der Doktor brauchte nicht alles zu wissen. Ich war ihm dankbar, dass er so einfach mitgekommen war. Aber damit hatte es sich. Wortlos kniete ich mich neben Tom und wischte ihm den Schweiß von der Stirn. Wie er so dalag, sah er ganz friedlich aus. Aus seinem Gesicht war die Kälte der letzten beiden Tage verschwunden.

»Tom!«, rief ich.

»Er hört dich nicht«, sagte der Arzt.

»Tom!«, rief ich ein zweites Mal.

Jetzt bewegten sich einige Muskeln in Toms

Gesicht, und er schlug die Augen auf. Sie glänzten fiebrig. Aber er erkannte mich. »Lina«, sagte er kaum hörbar.

Ich streichelte ihm übers Haar. »Du kommst ins Krankenhaus«, sagte ich. »Der Krankenwagen ist schon unterwegs. Es wird alles gut. Halt durch, Tom. Bitte!«

Er verzog den Mund zu einem schiefen Lächeln. »Alles gut?«, murmelte er. Dann schloss er wieder die Augen. Er hatte seine Hand auf meinen Unterarm gelegt und hielt ihn fest. Ich spürte seinen Puls hastig und unregelmäßig schlagen.

»Er wird sterben«, sagte ich zu dem Doktor. »Warum geben Sie es nicht zu?«

Der ließ die Zigarette auf den Boden fallen und trat sie mit dem Absatz aus. »In der Medizin ist nichts vorhersehbar«, sagte er. »Dein Tom hat bestimmt keine guten Aussichten. Aber er ist ein kräftiger Junge. Vielleicht schafft er es ja.«

13.

Sirenen waren zu hören. Sie kamen näher, brachen plötzlich ab. Während ich bei Tom blieb, lief der Doktor hinaus. Wenig später kam er mit zwei Sanitätern und einem Notarzt zurück. Sie seien auf dem Weg durch den Wald mit dem Wagen in einer Schneewehe stecken geblieben, schimpfte einer der beiden Sanitäter. Hinter der Besatzung des Rettungswagens betraten vier Polizisten in Uniform und zwei Männer in Zivilkleidung die Kammer. Sie bildeten einen engen Kreis um Tom und mich. Sechs Polizisten gegen einen schwer verletzten Jungen und ein Mädchen! Da konnte ja nichts mehr schiefgehen.

Nach einer kurzen Untersuchung durch den Notarzt betteten die Sanitäter Tom vorsichtig auf eine Trage, deckten ihn mit einer dicken Wolldecke zu und schnallten ihn fest.

Dann hoben sie ihn hoch und trugen ihn hinaus.

»Darf ich mit?«, fragte ich.

Der Notarzt zuckte mit den Schultern und blickte zu den Polizisten hinüber.

»Du bleibst hier«, sagte der kräftigere der beiden Männer in Zivil. »Dich brauchen wir noch.«

Doktor Schmidt packte seine Sachen zusammen. »Ich muss los«, sagte er und gab mir zum Abschied die Hand.

»Danke, dass Sie mitgekommen sind. Hätte bestimmt nicht jeder getan«, sagte ich und fragte: »Warum haben Sie die Polizei alarmiert?«

»Habe ich nicht«, antwortete der Arzt. »Bei Schussverletzungen machen sie das in der Rettungsleitzentrale automatisch.«

Nachdem der Doktor gegangen war, redete der Mann in Zivil mit den Uniformierten. Ich hörte, wie er ihnen den Auftrag gab, sich im Haus und auf dem Gelände umzuschauen. Dann stellte er sich vor: »Ich bin Kommissar Hertel von der Kripo. Und du bist Lina Marx, wenn ich mich nicht irre.«

Ich nickte.

»Den sie gerade rausgebracht haben, müsste dein Freund Tom Gatow sein.«

Wieder nickte ich.

»Und wo ist der Dritte? Dieser Jurij Holzmann?«

»Tot. Erschossen.«

»Von wem?«

»Von Tom. Aber es war ein Unfall. Sie haben sich gestritten, und da ist es passiert.«

Der Kommissar schaute sich um. »Wo ist Jurij?«

»Ich weiß es nicht. Tom hat ihn irgendwann rausgeschafft.«

In diesem Augenblick kam einer der Uniformierten in den Raum zurück und flüsterte dem Kommissar etwas ins Ohr.

»Sie haben den Russen gefunden«, sagte der zu mir.

»Er war kein . . .«, begann ich und brach ab. Russe oder Deutscher – das machte jetzt wirklich keinen Unterschied mehr. »Darf ich Jurij sehen?«, fragte ich.

Er zuckte die Achseln. »Wenn du unbedingt willst. Ist bestimmt kein schöner Anblick.«

Ich folgte ihm hinters Haus. Dort gab es einen Bretterverschlag, der aussah, als seien in ihm Wachhunde gehalten worden. In der Nacht hatte ich hier nachgeschaut, aber in der Dunkelheit nichts erkennen können. Neben dem Verschlag lag Holz zu großen Stapeln geschichtet. Zwischen diesen Stapeln standen die Polizisten und beugten sich über einen Körper, von dem man nur nachlässig den Schnee entfernt hatte. Hose und Schuhe waren immer noch von einem schmutzigen Weiß.

»Lasst uns mal durch«, sagte der Kommissar.

Jurijs Körper war steif gefroren, seine Jacke sah aus wie bei einer Skulptur. Seine geöffneten Augen schauten nirgendwohin, in ihnen lag ein erstaunter Ausdruck. Die Polizisten machten Platz, ich kniete mich neben Jurij und fuhr ihm mit der bloßen Hand über die Stirn. Sie erinnerte mich an Marmor.

Sie möchten sicher wissen, was ich in diesem Moment gefühlt habe. Meine Antwort wird Sie schocken: Nichts, ich hab nichts gespürt. Da lag nicht der Jurij, den ich gekannt und den ich so sehr gemocht hatte. Da lag etwas vollkommen Fremdes vor mir, etwas, das so weit von mir entfernt war wie der Mond. Ich hab nicht geweint, ich war nicht mal traurig. In meinem Hals steckte etwas, das alles verstopfte, das mich zu Stein werden ließ, ja, das ist der richtige Ausdruck.

»Und?«, fragte der Kommissar seinen Kollegen in Zivil.

»Ins Herz geschossen«, antwortete der. »Aus nächster Nähe.«

»Kampfspuren?«

Der Mann schüttelte den Kopf.

»Überhaupt keine?«, fragte der Kommissar und schaute mich erstaunt von der Seite an.

»Prellungen am Knie«, antwortete der Mann. »Aber die sind vielleicht schon ein bisschen älter.«

»Jurij ist mit dem Fahrrad gestürzt«, mischte ich mich in das Gespräch. »Als wir abgehauen sind.«

»Können wir den Jungen wegbringen lassen?«, fragte der Mann.

»Natürlich«, antwortete der Kommissar. Dann nahm er mich am Arm und führte mich vors Haus. Die Sonne war zwischen den Wolken hervorgekommen und verwandelte den Wald, den Mühlbach und die Lichtung in eine Märchenlandschaft. Ich schloss die Augen und spürte die Wärme auf meiner Haut. Eigentlich hätte ich Angst haben müssen. Vor dem, was mich erwartete, meine ich. Aber in mir war nichts als Erleichterung. Es war vorbei, endlich hatte der Wahnsinn ein Ende.

»Wissen deine Eltern Bescheid?«, fragte der Kommissar. »Sollen wir sie benachrichtigen?«

Ich öffnete die Augen. »Darf ich denn nicht nach Hause?«, fragte ich zurück.

»Nein. Wir müssen dich mitnehmen. Immerhin habt ihr eine Bank überfallen«, antwortete er.

»Haben wir nicht!«

Der Kommissar lächelte. »Ihr wurdet beobachtet. Wir haben jede Menge Zeugen, so viele hätten wir gern immer. Und dein Tom ist gefilmt worden. Von der Überwachungskamera in der Sparkasse. Außerdem seid ihr nach dem Überfall abgehauen. Seit wann haut einer ab, der unschuldig ist? Kannst du mir das erklären?«

»Wir wollten die Bank gar nicht überfallen!«, rief ich. »Es war ein Spiel! Das müssen Sie mir glauben!«

Bevor der Kommissar etwas sagen konnte, klingelte sein Handy. Er nahm es ans Ohr und hörte zu, was ihm jemand erzählte.

Dann wandte er sich an mich. »Er ist tot«, sagte er.

»Tom?«

Er nickte. »Er ist auf dem Weg ins Krankenhaus gestorben. Sie haben ihm nicht mehr helfen können. »

Tom und Jurij tot – das war unmöglich, so was gab es bloß in schlechten Filmen! War es wegen mir passiert, weil Jurij auf Tom eifersüchtig gewesen war? Konnte es doch einfach nicht gut gehen, mit zwei Jungen und einem Mädchen? Hätte mir das nicht viel früher klar sein müssen?

Auf meine Fragen würde ich keine Antwort

erhalten, niemals. Die, die es mir hätten sagen können, waren beide tot.

Ich griff in meine Anoraktaschen, holte die Geldscheine heraus und gab sie dem Kommissar. Ein paar Scheine flatterten auf den Boden, er hob sie auf. »Es fehlen zweihundert Euro«, sagte ich. »Ich hab sie fürs Einkaufen gebraucht.«

Der Kommissar steckte die Scheine in einen durchsichtigen Plastikbeutel. »Wie kommst du an das Geld?«, wollte er wissen.

»Tom hat es mir gegeben.«

»Er hat es dir gegeben?«, fragte der Kommissar ungläubig. »Einfach so?«

»Ja. Einfach so.«

»Na, das kannst du mir alles ausführlich im Präsidium erzählen«, sagte er.

Ich schnappte nach Luft. »Heißt das . . . bedeutet das . . . ich bin verhaftet?«, fragte ich.

Der Kommissar nickte. »Wegen des Bankraubes«, antwortete er. »Und wegen des Verdachts des Mordes an deinen beiden Freunden.«

In diesem Moment bin ich wohl umgefallen, ich hab keine Erinnerung mehr. In einem Krankenwagen kam ich zu mir. In meinem Arm steckte eine Kanüle, über mir hing eine Infusionsflasche, aus der eine durchsichtige Flüssigkeit tropfte. Am Ende der Trage saß ein Polizist und kaute hingebungsvoll an seinen Fingernägeln. Ein Mann in orangeroter Jacke beugte sich über mich und tätschelte mir die Backe.

»Hallo«, sagte er freundlich.

Ich versuchte zu sprechen, es strengte mich unheimlich an. »Was ist passiert?«, fragte ich.

»Du bist umgekippt«, sagte der Mann. »War wohl alles ein bisschen viel für dich.«

»Wo fahren wir denn hin?«

»Ins Krankenhaus.«

»Nicht ins Gefängnis?«

Er lachte. »Wo denkst du hin! Nach einem Kreislaufkollaps gehört man ins Krankenhaus.«

»Können Sie meine Eltern benachrichtigen?«, bat ich.

»Keine Sorge, das wird der Kommissar veranlassen«, sagte der Sanitäter.

Ich schloss die Augen. Vielleicht konnten mich meine Eltern ja im Krankenhaus besuchen. Ich musste ihnen unbedingt erzählen, was passiert war. Sie durften es nicht aus der Zeitung erfahren. Sie durften nicht für einen Moment glauben, dass ich eine Räuberin und Mörderin war.

14.

Was auf meine Verhaftung in der Alten Mühle folgte, wissen Sie. Als mein Verteidiger haben Sie die Protokolle der Vernehmungen gelesen. Ich war heilfroh, als die Leute von der Kripo mich endlich mit ihren Fragen in Ruhe ließen. Manchmal wusste ich selbst nicht mehr, ob das, was ich ihnen erzählte, wirklich passiert war. Oft war ich kurz davor, das zu glauben, was die Polizisten mir immer wieder einzureden versuchten. Dass es ein echter Bankraub gewesen war. Dass ich Tom und Jurij eiskalt erschossen hatte, um in den Besitz der gesamten Beute zu kommen. Dass ich es nicht fertig gebracht hatte, Tom mit einem zweiten Schuss den Rest zu geben. Dass sich schließlich mein Gewissen gemeldet und ich den Arzt geholt hatte. Am Ende solcher Vernehmungen war ich so müde, dass ich am liebsten alles zugegeben hätte, nur um in meine Zelle zurückzukönnen und zu schlafen.

Die U-Haft ist ein merkwürdiger Ort. An manchen Tagen fühle ich mich schrecklich, hab die schlimmsten Albträume. An anderen bin ich fast froh, dass ich hier drin bin, dass ich den Rummel, den sie draußen um mich machen, kaum mitkriege. Nachdem ich aus dem Krankenhaus raus war, haben sie mich zuerst zu zwei anderen Mädchen in die Zelle gesteckt. Mit denen hab ich mich nicht verstanden, ich konnte einfach niemanden um mich haben. Schließlich haben sie mir eine Einzelzelle gegeben, haben lange überlegt, ob sie das wagen können. Wegen Selbstmordgefahr und so. Aber seitdem geht es mir eindeutig besser.

Ich denke viel nach und lese, die Bücherei ist gar nicht übel. Die letzten Tage hab ich damit verbracht, diesen langen Bericht für Sie zu schreiben. Morgens hab ich angefangen und erst gegen Abend aufgehört. Vielleicht sind Sie durch das, was Sie bis jetzt erfahren haben, nicht viel klüger geworden. Für mich jedenfalls war das Schreiben wichtig. Weil ich mir wieder sicher bin. Weil ich mir von niemandem einreden lassen werde, ich hätte Jurij und Tom umgebracht. Weil mir klar geworden ist, dass wir mit unserem Spiel in einen

Prozess geraten sind, der am Ende drei Tote gefordert hat.

Ja, ich hab Schuldgefühle. Natürlich. Ich hätte das Spiel früher stoppen können. Ich hätte Jurij und Tom davon überzeugen sollen, dass wir keine Chance haben. Ich hätte die beiden im Lokal nicht allein lassen sollen. Und ich quäle mich nach wie vor damit herum, dass ich den Arzt nicht früher geholt habe. Dagegen hat auch nicht geholfen, dass ich von dem Kommissar erfahren habe, dass Tom sowieso nur eine minimale Überlebenschance gehabt hätte. Und das nur, wenn er sofort, nachdem die Schüsse gefallen waren, in ein Krankenhaus gekommen und operiert worden wäre.

Übrigens – bei meiner letzten Vernehmung erfuhr ich, dass die Ärzte bei Tom Spuren von Gewalt an Kopf und Brust gefunden haben. In den Tagen zuvor hatte ich dem Kommissar immer genau das erzählt, was ich Ihnen in meinem Bericht geschrieben habe. Dass ich mich auf Tom gestürzt hatte, nachdem er mir gesagt hatte, dass Jurij tot war. Der Kommissar glaubte mir nicht. Als geübte Karatekämpferin hätte ich Tom mit gezielten Tritten außer Gefecht gesetzt, behauptete er, und ihn dann in den Bauch geschossen. Ist doch verrückt, oder? Da lerne ich eine Kampftechnik, um mich auf der

Straße im Notfall gegen irgendwelche Typen schützen zu können. Da werde ich deshalb in der Schule von meiner Sportlehrerin ausdrücklich als Vorbild hingestellt. Und jetzt drehen sie mir ausgerechnet daraus einen Strick, weil sie glauben, dass ich mit genau dieser Technik meinen Freund umgebracht hätte.

Außer meinen Eltern und Ihnen meldet sich niemand. Nicht einmal Melanie. Dabei hatten wir uns versprochen, uns niemals im Stich zu lassen. Großes Ehrenwort. Vielleicht ist es ihr peinlich, jemanden wie mich gekannt zu haben.

Meine Eltern besuchen mich, wann immer sie die Erlaubnis bekommen. Mein Vater macht sich Vorwürfe. Er hätte sich nicht genug um mich gekümmert, meint er. Was für ein Unsinn! Ich hätte wirklich nicht die geringste Lust gehabt, mit ihm am Nachmittag Halma zu spielen oder in den Zoo zu gehen. Nein, ich hab die Monate mit Jurij und Tom genossen, von solch einer Freundschaft hatte ich immer geträumt. Mein Vater hat keine Schuld, wenigstens sehe ich das so. Und meine Mutter? Die hat genervt, wie Mütter eben nerven. Alles ganz normal. Sie hat mich nicht aus dem Haus getrieben, auch wenn sie das jetzt glaubt.

Ihre Nachricht aus der letzten Woche, dass

Toms und Jurijs Eltern in dem Prozess als Nebenkläger auftreten werden, hat mich sehr traurig gemacht. Eigentlich müssten sie mich doch kennen, schließlich bin ich oft genug bei ihnen gewesen. Angenommen, ich hätte Tom und Jurij wirklich umgebracht – warum bin ich nicht einfach mit dem Geld abgehauen? Mit fünfzigtausend Euro wäre ich bis nach Feuerland gekommen oder in die Wüste Gobi. Wieso hab ich einen Arzt in die Alte Mühle geholt und mich damit der Gefahr ausgesetzt, erwischt zu werden? Warum hab ich das Geld, das mir Tom gegeben hatte, nicht an einem sicheren Ort versteckt? Ich hätte doch wissen müssen, dass es mich höchst verdächtig macht, wenn man die Scheine bei mir findet! Nein, ich glaube, die Eltern von Tom und Jurij haben inzwischen die Meinung der Zeitungen übernommen. *Eiskalter Engel* nennen mich die Journalisten. Ich sei berechnend und geldgierig, schreiben sie. Der eigentliche Kopf der *Fahrradbande* sei ich gewesen. So ein Blödsinn, es hat nie eine Bande gegeben. Und einen Boss schon gar nicht. Bloß drei, die sich mochten.

In zwei Wochen ist es so weit. Obwohl die Öffentlichkeit bei dem Prozess ausgeschlossen ist, hab ich Angst. Es spricht verdammt viel gegen mich. Vielleicht hilft Ihnen ja dieser Bericht. Vielleicht haben Sie mich jetzt besser kennengelernt als bei unseren Gesprächen.

Wenn mir die Richter nicht glauben, drohen mir zehn Jahre, ich hab mich erkundigt. *Höchststrafe für den eiskalten Engel* werden sie in den Zeitungen schreiben. Wissen Sie, wie alt ich bin, wenn ich rauskomme? Fünfundzwanzig! Meine Mutter war zweiundzwanzig, als sie mich bekam . . . Dabei bin ich unschuldig, na gut, nicht ganz, ich gebe es zu. Man kann mir Beihilfe zum Autodiebstahl vorwerfen. Und der Einbruch in das Ausflugslokal war auch nicht in Ordnung. Dafür würden sie mir normalerweise Sozialdienst aufbrummen oder allenfalls ein paar Wochen Jugendarrest.

Sie müssen unbedingt den Kassierer der Sparkasse und seine Kollegen in die Mangel nehmen, versprechen Sie mir das? Die können bestätigen, dass Tom sie nicht bedroht hat, dass er das Geld bekommen hat, ohne mit der Pistole rumzufuchteln. Wir hätten das von draußen gesehen, Jurij und ich, auch wenn Tom halb mit dem Rücken zu uns stand. Die Beweise müssen nicht gegen uns sprechen, finde ich. Jurij war in der Lage, jedes Auto zu knacken. Warum hätten wir für unsere Flucht unsere Fahrräder nehmen sollen? Und das bei

Schneetreiben? Das muss das Gericht doch überzeugen, meinen Sie nicht?

Der Richter ist nicht dumm. Hoffe ich wenigstens. Er wird bestimmt verstehen, dass wir bei unserem Spiel durch einen dummen Zufall in den Schlamassel geraten sind. Und wenn ich mich schuldig gemacht habe, dann ist das eine Sache, mit der ich anders fertig werden muss. Nicht in einem Jugendgefängnis.

»Es wird schon nicht so schlimm werden«, haben Sie mir bei Ihrem letzten Besuch hier im Knast gesagt. Erinnern Sie sich? »Wenn wir ganz großes Glück haben, kommst du mit einem blauen Auge davon, Lina.« Sie sind ein toller Verteidiger, der beste, behauptet mein Vater. Der ist richtig stolz, dass er Sie engagiert hat. (Übrigens – von welchem Geld bezahlt er Sie eigentlich?) Ich werde mich gut auf die Verhandlung vorbereiten, besser als auf jede Prüfung in der Schule. Das verspreche ich Ihnen. Zeit hab ich ja genug.

Aber Sie müssen mir glauben. Ohne das wird gar nichts gehen. Ich brauche das, Sie haben keine Ahnung, wie sehr. Bei unseren letzten Treffen hatte ich das Gefühl, dass Sie das nicht tun. Dass Sie Zweifel haben. Dabei stimmt die Geschichte mit dem unfreiwilligen Bankraub. Hundertprozentig! Vielleicht können Sie ja das

Gericht überzeugen, dass es wirklich so gewesen ist. Gerade weil es unglaublich klingt. Niemand könnte sich so was ausdenken.

Das war's. Mehr hab ich im Augenblick nicht zu erzählen. Jetzt, wo die Geschichte auf dem Papier steht, geht es mir viel besser. Letzte Nacht hab ich zum ersten Mal wieder richtig geschlafen. Bis zum Wecken. Bis das Gerenne auf den Fluren losging. Machen Sie mit meinem Bericht, was Sie wollen. Geben Sie ihn meinetwegen den Zeitungen oder dem Fernsehen. Vielleicht hört ja dann endlich dieses blöde Geschwätz auf.

Epilog

Lina Marx wurde in einem Indizienprozess wegen Bankraub und Autodiebstahl zu einer Jugendstrafe von fünf Jahren verurteilt. Die Anklage wegen Mordes an Jurij Holzmann und Tom Gatow wurde fallen gelassen. Nach Verbüßung von zwei Dritteln der Strafe ist Lina Marx seit einiger Zeit wieder in Freiheit. In der Haft hat sie ihren Realschulabschluss gemacht und beginnt demnächst eine Ausbildung zur Landschaftsgärtnerin. Daneben strebt sie mit Hilfe ihres Anwalts eine Wiederaufnahme des Verfahrens an.

Einige Wochen nach Ende des Prozesses erlitt der Vater von Lina Marx einen Schlaganfall und starb wenige Tage später. Ihre Mutter ist inzwischen nach Frankfurt verzogen und hat dort eine Stelle als Küchenhilfe in einem Hotel angenommen. Obwohl eine Boulevardzeitung einen Teil der Prozesskosten übernommen hat, ist Ingrid Marx hoch verschuldet.

Während des zweiwöchigen Prozesses blieben die Angestellten der Sparkasse Luisenstraße bei ihrer Version, Tom Gatow habe sie mit einer Pistole bedroht. Da sich kein Zeuge fand, der die gegenteiligen Angaben von Lina Marx bestätigen konnte, sah das Gericht den Tatbestand des Bankraubes als erwiesen an.

Was den Tod von Tom Gatow und Jurij Holzmann angeht, war eine Beteiligung von Lina Marx nicht nachzuweisen. Sowohl der Gutachter der Staatsanwaltschaft wie auch der Gutachter der Verteidigung verwickelten sich in Widersprüche. Letztlich folgte das Gericht den Ausführungen des Verteidigers, der in seinem Plädoyer ausführlich aus dem schriftlichen Bericht der Angeklagten zitierte. Die Pistole, mit der Jurij Holzmann erschossen und Tom Gatow schwer verletzt worden war, wurde im Übrigen bis heute nicht gefunden.

Jürgen Banscherus

Das Lächeln der Spinne

Simon Laub führt eigentlich das normale Leben eines 13-Jährigen. Doch dann wird er plötzlich bedroht, während seine Mutter als Polizistin nach illegalen ukrainischen Jugendlichen sucht. Simon hat das Gefühl, als habe jemand ein Netz über ihm ausgeworfen, das nun zugezogen wird. Aber welche Spinne in diesem Netz lauert und was für ein perfides Spiel sie spielt – das hätte er sich in seinen schlimmsten Träumen nicht ausmalen können.

Arena

240 Seiten
Arena-Taschenbuch
ISBN 978-3-401-50805-4
www.arena-verlag.de

Auch als E-Book erhältlich

Jürgen Banscherus

Asphaltroulette

Es ist ein gefährliches Spiel, zu dem sich der auf der Straße lebende Sven hinreißen lässt. In illegalen Autorennen tritt er gegen andere Jugendliche an und setzt damit sein Leben aufs Spiel. Nervenkitzel, die Sehnsucht nach Anerkennung, Langeweile und keine Perspektive – das scheinen die Gründe der meisten zu sein. Doch für Sven gibt es einen weiteren: Anne.

Mirjam Mous

Boy 7

Boy 7 kommt auf einer glühend heißen, kahlen Grasebene zu sich und weiß weder wohin er unterwegs ist noch woher er kommt. Er weiß nicht einmal mehr, wie er heißt. Die einzige Nachricht auf seiner Mailbox stammt von ihm selbst: „Was auch passiert, ruf auf keinen Fall die Polizei." Wer ist er? Wie ist er hierher geraten? Und wem kann er noch vertrauen?

Angela Mohr

Wach auf, wenn du dich traust

Es hätte Jennys perfekter Sommer sein sollen. Neunzehn Jugendliche, eine Woche Zelten im Wald, in völliger Isolation. Doch was als Freizeit beginnt, wird Jennys Albtraum. Sie spürt, wie sich das Grauen heranschleicht – doch da ist es längst zu spät. Viele schauen weg, als einige vollends die Kontrolle verlieren. Und Jenny hat Angst: Ist das alles etwa nur Teil eines perfiden Spiels?

Jürgen Banscherus

Keine Hosenträger für Oya

Hosenträger sind das Erkennungszeichen einer Jungenbande in einem Vorort von Dortmund. Das türkische Mädchen Oya wollen die Jungs natürlich nicht dabeihaben, auch wenn ihr Bruder Sinan beim geplanten Bau eines Floßes der Anführer ist. Sinan findet das bescheuert und sucht sich lieber andere Freunde. Dass er sich dabei einer Gruppe von Ladendieben anschließt, erkennen die Hosenträger erst, als es fast zu spät ist. Höchste Zeit, sich für einen Freund stark zu machen!
Jürgen Banscherus erzählt in dieser spannenden Bandengeschichte auch vom Leben einer türkischen Familie in Deutschland.

Arena

Ab 10 Jahren
176 Seiten • Arena-Taschenbuch
ISBN 978-3-401-01581-1
www.arena-verlag.de